Renate Sültz & Uwe H. Sültz

HORROR & CO.

BoD- Books on Demand

Norderstedt 2016

Bibliografische Information durch die
Deutsche Nationalbibliothek

Die Deutsche Nationalbibliothek
verzeichnet diese Publikation in der
Deutschen Nationalbibliografie;
detaillierte bibliografische Daten sind
im Internet über http://dnb.dnb.de
abrufbar.

© 2016 Renate Sültz & Uwe H. Sültz

Herstellung und Verlag:

BoD – Books on Demand, Norderstedt

ISBN 9-78383-9-14859-4

Inhalt:

Alptraum

Die Tür zum Bad knarrt immer noch,
aber was Ilona G. bis dahin erlebte,
das war der Horror. Ilona möchte
unerkannt bleiben, es glaubt ihr
sowieso niemand. In ihrem Leben war
sie vier Mal in psychiatrischer
Behandlung. Auch ihren Sohn wurde
in Mitleidenschaft gezogen. Was hat es
mit der knarrenden Tür auf sich?
Knarrt nicht irgendwie überall eine
Tür? Ilona heiratete mit achtzehn
Jahren ihren Traummann Günther.
Günther studierte gerade, er war
sechs Jahre älter. Ilona brach die
Lehre ab und ging ans Fließband. Sie
sorgte so für den Lebensunterhalt,
Günther konnte sich ganz auf das
Studium vorbereiten. Beide planten
ihr Leben. Nach dem Studium sollte
Günther der Hauptverdiener werden,
Ilona wollte dann bis zum ersten Kind
weiter arbeiten. Ein Haus mit etwa 35

Jahren, dann noch ein weiteres Kind. Das klang alles wirklich wunderbar, wenn das Wörtchen wenn nicht wäre. Hat es Ilona ihrem Ehemann vielleicht zu leicht gemacht? Arbeit und Haushalt, dann die viel zu frühe Geburt von Sohn Steffan. Ilona opferte sich auf. Gut, dann werden die Bauklötze eben etwas verschoben, es wird schon gehen. Zu blöd aber auch, dass Günther auf diesen dämlichen Trick mit dem Zettel hereinfiel. – Ruf Mal an, Iris – stand darauf. Diese Falle ist doch nun wirklich uralt. Im heutigen Zeitalter des Internets gibt es natürlich andere Möglichkeiten. Heute könnte sich Günther unter einem Fake-Namen auf diversen Plattformen anmelden. Hier könnte er dann Lisa kennenlernen, die in Wirklichkeit Annette heißt. Ilona vertraute übrigens sehr ihrem Ehemann, wie gesagt, es war ihr Traumpartner. Weshalb sie dann in das Jackett ihres

Mannes griff? Na, das ist doch klar, der Tascheninhalt beulte die Taschen aus. Ilonas Eltern besaßen schließlich ein Damen- und Herren-Bekleidungsgeschäft. „Wer ist denn Iris?", fragte Ilona ihren Ehemann. „Eine Kommilitonin, wir werden die Diplomarbeit zusammen schreiben", antwortete Günther. „Toll, dann wird es ja jetzt etwas!", freute sich Ilona. Die Diplomarbeit dauerte und dauerte. Mal war der Professor krank, mal gab es keinen Diplomplatz. Auf jeden Fall stellte Günther es so dar. An einem Tag, an dem Hausarbeit anstand, legte sich Ilona eine flotte Musik auf. Sie griff in den Kassetten-Ständer, eine Philips-Kassette mit den größten Hits von Dave Dee, Dozy, Beaky, Mick & Tich sollte es sein. Ilona legte das Band ein, zu hören war folgendes: „Peep, sprechen sie jetzt – Iris hier. Es ist aus, lass dich nie mehr hier sehen. Peep." Geschockt sah Ilona, dass es

eine Kassette aus dem
Anrufbeantworter war. Die größten
Hits der Rock-Gruppe steckten im
Radiorecorder in der Küche. Immer
wieder hörte Ilona diese Nachricht,
immer und immer wieder. Ihre bis
dahin heile Welt zerbrach. Sie zitterte
am ganzen Körper, sie hatte nicht
einmal die Kraft, hart mit Günther ins
Gericht zu gehen. Günther kam an
diesem Abend sehr spät und völlig
betrunken nach Hause. Das Drama
nahm seinen Lauf. Günther schlug
seine Frau nur noch, drohte sie und
den Jungen umzubringen. „Ich finde
dich überall und dann bist du dran!",
schrie er. Nicht mehr wieder zu
erkennen war Günther, er wurde zum
Alkoholiker. Seine Frau war
dermaßen eingeschüchtert, dass sie
nur funktionierte. Morgens den Sohn
versorgen, danach die Arbeit am
Fließband, dann den Haushalt. Und
das Tag für Tag. Ilona war 37 Jahre, als

ihr Sohn Steffan heimlich die Wohnung verließ und nicht mehr zurückkam. Da war er 17 Jahre. Der letzte Halt brach für Ilona zusammen. Weitere zehn Jahre brauchte Ilona, um langsam einen Wandel in ihren Gefühlen und in ihrem Denken zu vollziehen. Günther war nun 53 Jahre, er litt an Bluthochdruck, war übergewichtig und sehr gewalttätig gegenüber Ilona. Immer mehr Rattengift mischte sie ins Essen. Im Schuppen ihres Vaters fand sie noch E 605, auch das kam ins Essen. Ilona war verbittert und voller Wut und Hass. Die Prügelattacken, die Vergewaltigungen, das Messer, das er ihr an die Kehle setzte, sie war es einfach leid. Ilona verschloss die Wohnzimmertür, Günther lag bewusstlos vor dem Fernseher. Jetzt löste sie das Rohr zum Ölofen. Es sollte so aussehen, als ob Günther im betrunkenen Zustand vor den Ölofen lief. Der Plan funktionierte. Vergiftung durch Gase, hieß es. Wer nun glaubt, das war es, der irrt. Günthers böser Geist war allgegenwärtig. Lampen schalteten sich ein und aus. Der Herd stand auf Stufe 5 und das Trockentuch lag darauf. Nachts schellte das Telefon. Ilona verspürte

 eines Nachts ein Druckgefühl am Hals. Wieder musste sie in Behandlung. Wird es denn nie enden? Die Waschmaschine stand plötzlich unter Strom. Die Brotmaschine begann sich bei der Reinigung zu drehen. Auf dem alten Röhrenfernseher lag sein alter Bademantel. Er überhitze, es war 22 Uhr, es begann zu brennen. Ilona, die auf der Couch eingeschlafen war, konnte sich soeben retten. Aber nur, weil jemand Sturm schellte. Vor der Tür empfing sie ihr verlorener Sohn. „Steig in den Wagen, wir müssen weg hier!", schrie er. „Wo warst du nur,

Steffan? Warum kommst du jetzt?",
bibberte seine Mutter. "Ich hörte
Vater im Traum. Er sagte, dass er uns
alle umbringen will!", sagte Steffan
und raste los. Der Brand war schnell
gelöscht. Ilona wohnte nun zwei
Straßen von ihrem Sohn entfernt, er
bekam seine Psyche in Griff, jetzt hatte
er eine liebe Frau, demnächst eine
Tochter. Drei Mieter bewohnten die
Wohnung nach diesem Vorfall. Alle
kündigten wieder. In der unteren
Etage eröffnete ein Computer-
Geschäft. Ilonas Wohnung sollte als
Lager angemietet werden. Wie gesagt,
die Tür zum Bad knarrte etwas, aber
das störte den Mieter nicht.

Als es Nacht wurde

Hallo liebes Tagebuch. Heute trage ich etwas sehr Fragwürdiges ein, aber niemand in der Familie will darüber sprechen. Alle sind nur sehr bedrückt. In unserem Zweifamilienhaus wohnen im Erdgeschoss meine Großeltern, darüber meine Eltern. Ich habe mein Zimmer im Dachgeschoss. Opa ist sehr krank geworden. Mit ihm verbringe ich sehr viel Zeit nach der Schule. Ach ja, in Physik gab es heute eine Zwei, Opa hat mit mir viel geübt, trotz seiner Vergesslichkeit. Aber die Vier in Erdkunde muss ich noch beichten, morgen vielleicht. Opa und ich reparieren einfach alles im Haus. Die Kaffeemaschine heizt wieder, meine Eisenbahn ist wie neu und der Kaninchenstall ist echt purer Luxus. Schon vor längerer Zeit hat mir Opa gesagt, dass er immer vergesslicher werde. Eines Tages würde ich wohl auch einmal mit Kurt oder Max angesprochen werden, dabei ist mein Name doch Sebastian, aber ich könne ihn ja dann korrigieren. Opa hat sich mit seiner Krankheit schon lange beschäftigt, er spricht auch viel mit meinen Eltern darüber. Ich höre immer von Papa und Mama, dass er bestimmt weit über 80 wird. Vor einer Woche ist Opa ins Krankenhaus gekommen. Alle sind sehr traurig darüber, Oma weint nur noch. Jeden Tag besuchen wir ihn, nun ja, zumindest bin ich zwei Mal bei ihm gewesen. Vor dem Krankenhausaufenthalt haben Opa und ich noch das Vogelhäuschen fertig gestellt. „Ein altes Leben geht und ein neues Leben kommt auf die Welt", sagte Opa dabei. Als wir alles fertig hatten, stellten wir das Vogelhäuschen im Garten auf. Danach schaltete Opa alle elektrischen Geräte aus und auch das Licht. Die Werkstatt liegt neben dem Waschkeller. Mutti war gerade mit der Wäsche fertig, Opa schaltete auch dort das Licht aus. Gestern Abend holt Mutti aus dem Keller Getränke für unser Abendessen. „Wer hat denn schon wieder das Licht im Waschkeller angelassen, auch in Opas Werkstatt?", fragt sie. Es gibt übrigens Bratwurst mit Kartoffeln. Um Mitternacht werde ich von meiner Eisenbahn geweckt, sie fährt einfach so los. Ich will sie gerade ausschalten, da ruft Oma um Hilfe. Ich lausche im Flur. „Da ist jemand im Keller!" Vati geht runter um nachzusehen. „Alles in Ordnung! Aber wer hat denn schon wieder das Licht in Opas Keller vergessen auszuschalten?", sagt er mit müder Stimme. Es kehrt Ruhe ein. Ich gehe zurück in mein Zimmer. Am Trafo der Eisenbahn sehe ich Opa, er sagt: „Bald sehen wir uns wieder, lieber Bastian, bald. Ich liebe dich." Die Eisenbahn stoppt, ich schlafe ein. Und gleich nach der Schule fahre ich mit Mutti zu Opa ins Krankenhaus. Jetzt muss ich aber in die Schule. 8. Mai 2015, Sebastian Kringel

Das Haus am See

Niemand wohnte in diesem Holzhaus unten am See. Es stand einige Jahre bereits leer. Man konnte es nur mit dem Boot erreichen. Alle Leute aus der Umgebung mieden es. In der Nacht spielten sich unheimliche Dinge dort ab. Punkt Mitternacht war dieses Haus hell erleuchtet und es hörte sich an,

als wenn eine Frau weinen würde.
Eines Tages kam ein junger Mann ins
Bürgeramt der Stadt. Sein Name war
Klaus Brückner. Er erkundigte sich
nach dem Haus unten am See. Gerne
würde er es kaufen. Da Angeln sein
Hobby war, schien hier ein geeigneter
Ort zu sein. Die Dame vom Amt sagte
ihm, dass dieses Haus zuletzt einem
Bauern aus der Umgebung gehörte,
jetzt aber zum Kauf angeboten wurde.
Sie meinte, dass es unheimlich dort
sei. Klaus Brückner tat alles nur als
Gerede ab. „Na ja, sie müssen wissen
was sie tun. Sie können es sofort
haben, wenn sie wollen. Wir sind froh,
wenn es verkauft ist." Klaus Brückner
angelte für sein Leben gern, da kam es
wie gerufen, dieses Haus. Am ersten
Abend warf er seine Angel aus,
befestigte die Rute am Bootssteg und
ging zurück ins Haus. Er vernahm ein
leises Wimmern, ging aber darüber
hinweg. Am darauf folgenden Abend

das Gleiche, nur eindringlicher und lauter. Es kam ihm vor, das Gejammer direkt neben sich hören zu können. Er hatte das Gefühl zu spinnen.

Ein paar Tage vergingen bis er wieder Zeit fand, seinem Hobby nachzugehen. Auf dem Weg zum Haus traf Brückner ein paar Leute aus der Umgebung. Eine Frau fragte, ob er der neue Besitzer sei und es doch gewaltig dort spuke am See. Sie schaute ihn noch von der Seite an und verschwand. Klaus Brückner wurde nachdenklich. Sollte dieses nächtliche Gejammer etwas damit zu tun haben? Was war hier los?

Am Abend hatte er das Gespräch wieder vergessen. Gut gelaunt machte er sich auf den Weg zum Haus. Wie gewohnt legte er die Angel aus und ging rein. Eine unheimliche Stille machte sich breit. Plötzlich stand eine junge Frau vor ihm. Blutverschmiert

19

und mit Seetang behangen. Ihm wurde schwindelig vor Angst. „Du musst es klären, ich bin ermordet worden. Er läuft noch frei herum, er muss bestraft werden, sonst kann ich keine Ruhe finden." Brückner bekam Angst, versprach aber, ihr zu helfen. Am Tag darauf fuhr er zum Rathaus, hier konnten sie ihm tatsächlich helfen. Er erfuhr, dass ein Bauer aus der Umgebung, mit Namen Holger Westermann, vor Jahren dieses Haus besaß, gleichzeitig eine junge Frau verschwand. Kurz danach verkaufte er das Haus wieder. WARUM NUR? Verschwieg er etwas?

Gleichzeitig wurde nach dem Mädchen gesucht, Ermittlungen wurden angestellt. Sie wurde als vermisst gemeldet. Aber eine Verbindung zwischen dem Verschwinden des Mädchens und H. Westermann schien nicht zu bestehen! Oder etwa doch?

Brückner bedankte sich für die Information. Er hatte eine Vermutung, er hatte ein Gefühl, er hatte Gänsehaut... ja, er hatte eine schlimme Befürchtung... er setzte alles auf eine Karte, er pokerte jetzt hoch, denn er hatte doch versprochen zu helfen... sein Vorhaben war riskant, sein Vorhaben war gefährlich... aber er musste so handeln... ... ... ER FUHR SOFORT ZU WESTERMANN! Er klopfte erst an, er pochte und schlug dann gegen die Tür und schrie: „MACH AUF, DU MÖRDER!... KOMM' RAUS!" Westermann schrie zurück, er konnte aber nicht gegen den gewaltigen Druck von Brückner ankommen... Mit ganzer Kraft drückte Brückner die Tür auf! „Ich habe dieses Haus am See gekauft, was war da los? Sie sind in jener Nacht beobachtet worden! Man hat Schreie gehört!" Ein Wort ergab das andere... es wurde heftig geschrien und gestritten... Holger Westermann knickte ein. Er gestand sie geschlagen zu haben... er gestand sie gefesselt zu haben... er gestand, dass er sie verhungern ließ und sie zum Schluss in den See geworfen zu haben...

Brückner konnte nicht glauben was er hörte. Es lief ihm eiskalt über den Rücken. Er rief die Polizei! Der Mörder wurde verhaftet! Endlich hatten die Leute ihre Ruhe... endlich hatte die Seele ihre Ruhe... Brückner verkaufte das Haus trotzdem wieder, mit dieser Vorstellung konnte er dort nicht bleiben, obwohl sich nun alles aufhellte, das Haus und der See in einem ganz anderen Licht zu sehen waren und der Spuk ein Ende hatte.

Ausverkauf

Es liegen nun schon seit längerer Zeit
viele Ersatzteile in Connys USED
BODY PARTS. Ganz langsam gehen
Conny Conelly die Gelder aus, um
seine Angestellten bezahlen zu
können. Auch der Strom für das
Geschäftslokal und natürlich für das
Labor, muss bereitgestellt werden.
Nun ja, es lässt sich sehr gut in diesem
Zweig verdienen, aber nicht unbedingt
in einem Vorort von Los Angeles.
Besser gesagt in einem Vor-Vorort.
Dann die ständig zu erneuernden
Lizenzen, von wem stammt das Bein,
die Hand oder der Arm, all dies muss
Conny den Beamten der BCO, also des
Body Control Office, beweisen können.
Conny hat das Geschäft von seinem
Vater vor drei Jahren übernommen.
Jack Conelly hatte 2088 sein erstes
Geschäft in Los Angeles eröffnet. Die
Unkosten dort waren immens, aber

Jacks Arbeit und Ehrlichkeit waren
weit bekannt, jeder bezahlte gern für
eine neue Hand 15.000 Dollar. Auch
Jacks Service hatte einen guten Ruf,
Einstellarbeiten oder
Anschlussarbeiten wurden perfekt
ausgeführt. Jacks Sohn hingegen war
immer schon für den schnellen Dollar.
Oft versuchte Conny seinem Vater ein
Körperteil einer nicht freigegeben
Leiche unterzujubeln. Auch Menschen,
die in Geldnot waren, kaufte Conny für
weit weniger ihre Gliedmaßen ab, als
sie offiziell dafür bekommen hätten.
Nun gut, man kann es versuchen, aber
Ehrlichkeit kommt doch ans Ziel. In
der heutigen Zeit, also 2115, sind die
staatlichen Auflagen noch höher, das
wäre für Jack bestimmt kein Problem,
aber er starb vor zwei Jahren an
einem Gehirntumor. Das Kuriose
daran ist, alle anderen Ersatzteile
hätte Jack auf Lager gehabt, nur bei
Gehirnen verweigert das BCO seine

Genehmigung. Vielleicht gelingt es in 100 Jahren, ein komplettes Bewusstsein zu transformieren, wobei natürlich alle Reste des ursprünglichen Inhabers komplett gelöscht werden müssten. Und das ist auch das große Problem des BCO, kann ein Gehirn eines verstorbenen Mörders mit dem neuen Muster eines Lehrers aus Habsucht töten? Kann die Hand eines Mörders, angeschlossen an den Körper eines Pastors jemanden erdrosseln? Das alles

ist nicht geklärt, Labore arbeiten daran, wo der eigene Geist wirkt und handelt. Bis dahin sind alle Ersatzteile scharf zu kontrollieren. Es soll nicht herablassend von Ersatzteilen gesprochen werden, aber seit dem letzten Atomkrieg, der Vernichtung der Ozonschicht und dem Schönheitswahn der 2050-er Jahre, sind das Denken und der Kopf wichtiger geworden. Trotzdem gibt es immer noch die andere Seite, Diebstahl und Morde sind längst nicht ausgerottet. Und es ist so wie immer, der eine kann sich ein neues Auge kaufen, der andere aus Geldnot eben nicht oder er muss seins verkaufen. Übrigens ist die Technik des Anschlusses perfekt gelöst. Bei einem Unfall oder einer Amputation wegen Krebs, werden Anschlussbuchsen am Körper verbaut. Diese Anschlüsse sind international genormt, wenigstens darin waren sich alle Staaten einig. Ein Arm eines Chinesen konnte also bei Übereinstimmung aller wichtigen Daten, wie etwa der Blutgruppe, bei einem Deutschen eingesetzt werden. Krebs ist sowieso das Wort des Jahrtausends geworden, hätte es bloß nicht die Atomkriege gegeben. In diesem Monat benötigte Conny wieder einiges an Geldern. Seinen Laden betraten zwei Zwischenhändler, bei ihnen hatte Conny mehr als 25.000 Dollar Schulden. „Du verkaufst in Zukunft unsere Waren aus zweiter Hand!", sagte einer. Es ist dabei wohl etwas makaber, von zweiter Hand zu sprechen, aber unkontrollierte Ware ..., wir kennen ja nun das Problem. Im Gegenzug kam Conny langsam von seinen Schulden runter. Die Ware wurde geliefert. 25 rechte Männerbeine, 11 Frauenbeine, 44 Hände und noch weiteres. Die Ersatzteile kamen in die Kühlkammer. Die 16 künstlich hergestellten Ersatzteile legte Conny ins Regal. Die künstlichen Gliedmaßen waren für ärmere Kunden, sie waren lange nicht so fein in der Koordinierung der Bewegungen. Auch wurden sie verwendet, wenn die Blutgruppen nicht übereinstimmten. Ein Kunde aus LA betrat den Laden und fragte nach Jack Conelly. Vor der Jahrhundertwende stellte Jack ihm die

Hände perfekt ein, ebenso die Augenschärfe. „Mein Vater ist leider verstorben, wie kann ich Ihnen helfen?", fragte Conny.

„Ah, verstehe, das tut mir Leid, aber wie der Vater so der Sohn. Ich habe Krebs im rechten Arm, den brauche ich neu. Lässt sich meine Hand noch verwenden?", so der Kunde. „Das ist nur ein geringer Kostenunterschied. Hier habe ich einen für sie, passender Arm mit Hand, die Daten stimmen überein!", sagte Conny und witterte ein Geschäft. „Da sie meinen Vater kannten, lasse ich ihnen 30 % nach!" „Okay, das ist ein Wort! In vier Tagen bin ich wieder bei ihnen. Im Krankenhaus lasse ich mir dann heute noch den Anschluss legen!" Nach vier Tagen kam der Kunde wieder zu Conny. „Die Wunde ist aber noch sehr frisch", meinte Conny. „Kein Problem, morgen habe ich einen Auftritt in der

Menson-Halle, ich bin Country-Sänger. Die Gitarre werde ich nicht spielen können, das macht dann mein Sohn!", so der Käufer. Das Geschäft wurde abgewickelt, ohne Kontrolle, ohne Rechnung und ohne Namen. In der Zeitung las Conny Tags später über das Country-Konzert. Es war glanzvoll und ausverkauft. Man sprach aber auch von drei toten Konzertbesuchern. Aber Conny interessierte dies wenig. In den nächsten Tagen und Wochen kamen immer wieder Kunden, die verätzte Arme und Hände hatten. Bis auf die Knochen wirkte diese Säure, alles musste amputiert werden. Conny war glücklich, das Geschäft lief gut, die unkontrollierte Ware machte sich bezahlt. Eines Tages stand der Country-Sänger wieder vor Conny. „Hallo, stimmt etwas nicht, soll ich eine Einstellung vornehmen, damit das Gitarrenspielern besser klappt?", flachste Conny. „Im Gegenteil, alles Bestens. Meine Freunde hast du auch gut versorgt, wir sind wieder vollständig. Hier ist deine Bezahlung!" Der Countrysänger nahm den Revolver und erschoss Conny. In den nächsten Wochen waren immer wieder Horrormeldungen zu hören. „Wieder 36 Leichen entdeckt! Die ehemalige Gruppe des Massenmörders Big Dan Welley schlachtet Kleinstadt ab! Mit seinen 8 Gefolgsleuten mordet er im ganzen Staat! Mittlerweile sind es 177 Tote! Die Polizei hat noch keine Täterbeschreibung! Obwohl die Gruppe vor 12 Monaten durch den elektrischen Stuhl getötet wurde, leben sie durch ihre Arme weiter! Der

Besitzer, der diese Arme verkaufte und die Mörder identifizieren könnte, wurde eliminiert!" Das Gesetz wurde weiter verschärft. Heute dürfen nur

Krankenhäuser, die dem Body Control Office unterstehen, solche Verkäufe durchführen. Die Täter sind immer noch nicht gefasst. Es sind mittlerweile über 500 Tote!

Das Auge

Woran denken Sie, wenn Sie sich im Badezimmer die Hände waschen? Nach der Rasur die Barthaare wegspülen? Den Zahnbecher mit Wasser füllen? Nichts? Oder: Komme ich zu spät zur Arbeit? Auf keinen Fall, dass Sie beobachtet werden, schließlich lässt sich die Badezimmertür absperren! Nun, genau dies dachte sich wohl auch Angela McCorby, oder auch nicht! Was ist geschehen? Durch einen Defekt, keiner weiß, wie es passieren konnte, ist Abwasser in die Frischwasserzufuhr des Hauses an der Lincoln Street 55 eingedrungen. Lediglich stellte man bislang fest, dass Abwasser der naheliegenden Industrie-Unternehmen in den Garten der McCorby's gelang. Wie jeden Morgen war Angela die letzte im Haus. Noch schnell die Küche aufgeräumt, die drei Kids hinterließen wieder eine Großbaustelle, nun noch das Badezimmer gereinigt, danach ging es ab ins Büro. Der Ablauf fand auch wie immer so statt. Nur, was glitzerte dort im Siphon des Waschbeckens im Badezimmer? Hat ihre Tochter Diana etwa einen Ohrring verloren? Angela schaute sich das glitzernde Etwas genauer an. Immer näher und näher schaute sie in das Waschbecken.

Plötzlich sprang ihr etwas ins Auge, es war wohl ein Wassertropfen. Alles schien okay... nun ab ins Büro. Tage später bemerkte Angela, dass sich ihr Augenlicht auf dem rechten Auge verschlechterte. Auch eine Verfärbung und Verdickung stellte sie fest. Zunächst bekämpfte Angela das Übel mit Augentropfen. In der Nacht hatte Angela schlimme Albträume, ihr Ehemann Stan weckte sie oft. Morgens konnte sich Angela an alle Vorkommnisse im Traum erinnern. Eigenartiger Weise sah sie immer Leichen vor ihrem sogenannten dritten Auge. Auch am Tag, und in der Nacht sogar Gesichter.

„Da reicht nun nicht mehr ein Augenarzt!", flachste Stan. „Da musst du wohl zum ...!" „Sprich nicht weiter!", stoppte ihn Angela. Mit den Tagen veränderte sich Angela. Sie trug nun eine dunkle Sonnenbrille, sie verhielt sich auch sehr zurückgezogen. Nun reichte sie auch noch unbezahlten Urlaub ein. Die Hausarbeit erledigte Angela nur noch mit Widerwillen. Als ihr auch noch mehr Haare ausfielen, quartierte sie sich im Gästezimmer ein. Die Tage vergingen. Die Kinder wurden vom Vater versorgt, Angela kam nicht mehr aus dem Zimmer, sie schloss sich ein. Die Familie sorgte sich sehr, auch Dr. Miller, Hausarzt der Familie, wurde nicht von Angela empfangen. Eines Nachts machte sich Stan daran, mit einem Draht den Schlüssel der Tür auf den Fußboden fallen zu lassen. Vorher schob er ein Blatt der Tageszeitung unter die Tür durch. Es klappte, der Schlüssel fiel auf das Blatt, langsam zog Stan nun das Blatt mit dem Schlüssel zu sich. Vorsichtig und leise öffnete er die Tür. Nun schlich er zum Gästebett, Angela schlief fest, sie stöhnte. Sie trug eine Augenklappe, ihr Gesicht war geschwollen. Vor dem Bett lagen ihre wunderschönen Haare, alle waren ausgefallen. Stan erschrak, er nahm die Augenklappe von Angelas Kopf ab und schaltete die Nachttischlampe ein. Eine Todesangst hatte Stan, als er die verschrumpelte Gesichtshälfte mit den Narben und Pocken sah. Angela schlief weiter, stöhnte dabei, aber ein Auge schaute Stan an, es war ein grauenhafter Anblick, das war kein Auge, es war ein ganzer Organismus mit Augen und Mund. „Bezahlen werdet ihr alle dafür, bezahlen!", quietschte es aus dem verunstalteten Mund. Stan rannte aus dem Haus und übergab sich. Sofort rief er den Sheriff. Das FBI schaltete sich ein. Die ganze Familie und das ganze Anwesen wurden unter Quarantäne gestellt. Ja, nun sind sechs Monate vergangen. Angelas schönes Gesicht konnte nicht gerettet werden, die plastische Chirurgie tat aber ihr bestes. Aber sie lebt und die Familie wohnt nun in Canada.

Sie fragen nach der Ursache des ganzen? Eine der Firmen arbeitete mit hochgradigen Säuren. Sicherheitsvorschriften wurden nicht eingehalten. Arbeiter, die in Säurebecken fielen, wurden im Erdreich entsorgt. Arbeiter, die sich verätzten, wurden umgebracht. Auf dem Betriebsgelände wurden 186 Leichen gefunden, 34 Jahre gab es diesen Betrieb, wer weiß, was noch alles ans Tageslicht kommen würde. Der Besitzer stürzte sich am Tag der Durchsuchung in eines der riesigen Säurebecken.

Das Unheil kam aus dem Labor

Ich war ein junges Mädchen und lebte mit meinen Eltern in einem Vorort von New York. Brooklyn war meine Heimat. Ich fühlte mich wohl dort, hatte meine Freunde und ging hier zur Schule. Dieser Stadtteil ist nicht gerade der Ort, auf den man besonders stolz sein könnte. Arbeitslosigkeit und Kriminalität dominierten das Straßenbild. Nachdem ich mein Studium in Boston begann, blieb kaum noch Zeit, mich um meine Eltern zu kümmern. Sie wollten unbedingt in Brooklyn alt werden und waren nicht zu bewegen, in eine andere Stadt zu ziehen. Während der Semesterferien besuchte ich meine Eltern Jeff und Mary Watson oft. Mein Name ist Linda. Geheiratet habe ich nie und heute denke ich, es war wohl besser so. Ich habe immer schon die Turbulenzen in meinem

Leben geliebt und glaube, dass dies wohl niemand mit mir geteilt hätte. Meine Doktorarbeit schrieb ich mit links. In einem wissenschaftlichen Institut für Meeresbiologie war ich kurz darauf angestellt und konnte frei entscheiden, was zu tun war. Mit der Untersuchung von seltenen Meeresgeschöpfen begann meine Arbeit. Weder ich, noch meine Kollegen, konnten damals ahnen, was uns noch erwartete. Die Arbeit machte mir große Freude, jedoch habe ich mir geschworen, nie mehr einen Fisch zu untersuchen. Zu groß wäre die Angst, wieder böse überrascht zu werden. Nun ja, an diesem Morgen dachte noch niemand an etwas Negatives. Ein Fisch musste in alle Einzelteile zerlegt werden. In einer speziellen Lösung mussten grundlegende Zusammensetzungen der Haut und der Eiweißstoffe erforscht werden. Das Blut wurde untersucht und alles wurde gründlich analysiert. Dieses Tier war unbekannt. Es kam aus einer unglaublichen Tiefe im Ozean, die zuvor noch nie mit einem U-Boot erreicht werden konnte. Erst zu diesem Zeitpunkt war es möglich, solch eine Tiefe mit einem speziellen Gefährt zu erreichen. Das Maul des Fisches hatte eigenartige Zahnreihen, die an ein menschliches Gebiss erinnerten. Seine Augen ähnelten einem alten Mann, der sehr müde war. Wenn ich nicht genau gewusst hätte, dass dieser Fisch tot war, hätte ich denken können, dass er mich jeden Moment anspringt. Nach einigen Untersuchungen stellte sich heraus, dass das Blut des Tieres ähnlich zusammengesetzt war wie das unsere. Doch einige Stoffe waren sehr ungewöhnlich. Um dies zu untersuchen, brauchte ich Zeit. Diese Zeit hatte ich leider nicht. Plötzlich rollte dieses Tier mit den Augen hin

und her, als wenn es uns beobachten
würde. Das tat er auch. Der Fisch
bewegte das Maul, als wenn er reden
wollte. Er fing wie wild zu zappeln an.
Das Rollen der Augen und die
Bewegungen des Maules deuteten
darauf hin, dass er uns etwas mitteilen
wollte. Es war wie in einem
Horrorfilm. Wir bekamen es alle mit
der Angst zu tun und standen da wie
angewurzelt. Die Stimme versagte uns.
Schnell wollten wir diesen Spuk
beenden. Doch ehe wir noch an etwas
anderes denken konnten, platzte
dieser Fisch komplett auf. Alle
Eingeweide fielen heraus, aber auch
ein Ei, das einem Hühnerei ähnelte.
Der Horror nahm kein Ende, im
Gegenteil. Das Telefon klingelte und
meine Mutter Mary rief fast
ungehalten vor Aufregung in den
Hörer: „Linda, Linda! Vater hat …" Sie
sprach nicht weiter. „Bitte rede
weiter!", sagte ich zu ihr. „Was ist mit

Dad?" Sie sprach weiter: „Er brachte heute einen Fisch vom Angeln mit nach Hause." Sie redete wieder nicht weiter. „Ma, was ist los?" „Dieser Fisch sah ungewöhnlich aus, ja gruselig. Er hatte menschliche Züge." „Und weiter, Ma?" „Ja, das war nicht das Schlimmste. plötzlich zappelte er wie wild herum, obwohl er tot war. Und sein Körper platzte auf. Ein Ei, so groß wie ein Hühnerei rollte heraus. Mich schüttelt es!", sagte meine Mutter. Ich sagte ihr, dass sie nichts anrühren sollte. „Lasst alles so liegen, bis ich euch jemanden vom Tierschutz geschickt habe", sagte ich ihr eindringlich. „Und schließ den Raum gut ab, in dem dieses Untier liegt." „Ich will es so machen, Linda, ich habe furchtbare Angst." „Wir auch", sagte ich mit einer beruhigenden Stimme, zu der ich mich zwingen musste. „Hier im Institut ist der Horror ausgebrochen", sagte ich ihr. „Linda wir haben panische Angst!", sagte meine Mutter. Ich versuchte sie zu beruhigen und empfahl ihr, das Zimmer abzuschließen, in dem sich der Fisch und das Ei befanden. Vorsichtig legte ich mit meinen Kollegen das makaber anmutende Ei in den Brutschrank. Der Fisch, obwohl er aufgeschnitten war, lebte immer noch. Aus seinem menschenähnlichen Maul kamen komische Laute. Er sagte: „Mein Auftrag ist erledigt. Niedergang der Menschheit." Sämtlichen Angestellten des Institutes stockte der Atem. Wir konnten und wollten nicht wahrhaben, was wir da hörten. Was war hier los? War es Realität oder Traum? Bei meinen Eltern in Brooklyn sah es schlecht aus. Plötzlich brach ein Stück der Schale aus dem Ei. Auch im Brutkasten des Instituts tat sich etwas Furchterregendes. Statt einer Feder oder einem Schnabel, wie man vermutet hätte, kam ein winziger

Finger zum Vorschein. Keiner wagte sich zu bewegen und das Entsetzen konnte man in den Augen der Leute beobachten. Abermals wiederholte der Fisch das, was er vorher gesagt hatte. Schweigend schauten sich alle an. Das Ei im Brutkasten platzte wieder ein Stück auf. Und wir sahen den Teil einer menschlichen Schulter. Die Haut war gelb und verschrumpelt. Zotteliges Haar bedeckte die Haut. „Wir müssen etwas unternehmen!", rief Jack sofort. Er war meine rechte Hand im Institut. Wieder brach ein Stück Schale heraus. Ein ausgewachsener Mensch, wenn man das überhaupt so sagen konnte, kletterte heraus. Der Horror nahm kein Ende. Erneut rief meine Mutter an. Das Wesen, das aus diesem Ei kletterte verwandelte sich innerhalb von Minuten in ein Monster von über zwei Metern. Es schrie wild: „Ich werde euch auslöschen. Ihr seid schon immer für unseren Planeten Andromega eine Bedrohung gewesen. Jetzt reicht es. Der Fisch war unser einziges Transportmittel, da wir aus den Tiefen der Ozeane kommen. Unsere Galaxie ist einzigartig. Nur durch die Meere können wir hier her kommen. Da Andromega unendlich weit von der Erde entfernt ist, haben selbst wir noch keine andere Möglichkeit gefunden zu euch zu kommen. Euren Müll schießt ihr ins All und alles landet auf Andromega. Wir ersticken daran. Wir hatten eine wunderbare Vegetation, die sich nun nicht mehr entfalten kann. Unsere Atmosphäre war rein. Die Luft konnte man atmen. Jetzt hängt ein ewiger Schleier über unserem Planeten. Was seid ihr nur für ein elendes Volk. Voller Gleichgültigkeit und Herrschsucht. Dachtet ihr denn, dass ihr auf Dauer so weiter machen könnt? Jetzt bin ich hier und werde diesen Planeten in Augenschein nehmen. Wir wollen hier leben, da es auf Andromega nicht mehr möglich ist. Nur eines stört gewaltig und das seid ihr, Menschenvolk. Ihr habt uns Schlimmes angetan und dafür müsst ihr bezahlen." Meine Mutter hatte den Hörer danebengelegt, sodass ich alles mit anhören konnte. Mir wurde schlecht. Meine Sinne schwanden und mir fiel es verdammt schwer mich zu konzentrieren. Wir mussten nun schnell handeln bevor es zu spät war. Denn: Wie viele Eier sind schon auf diese Weise hier her gekommen? Wir konnten es nur ahnen. Auch im Institut spitzte sich die Situation dramatisch zu. Das Ei sprang weiter auf. Eine ekelige Gestalt kletterte heraus, die sich auch hier in Windeseile in ein zwei Meter großes Monstrum verwandelte. Jack konnte noch ungesehen in den Nebenraum verschwinden, um Hilfe zu rufen. Er rief den Präsidenten an, der anfänglich nicht glauben konnte, was er da hörte. Aber er veranlasste alles. „Bitte versucht in der Zeit diese Kreatur hinzuhalten", sagte der Präsident. „Wir werden so schnell wie möglich da sein. Das Militäraufgebot ist schließlich riesig und nicht in Kürze zusammen zu ordern." Jack ging zurück ins Labor und gab uns ein Zeichen, sodass wir wussten, dass Hilfe kam. Da der Hörer in Brooklyn immer noch neben dem Apparat lag, konnte ich hören, was dort passierte. Meine Eltern schrien laut und verzweifelt und ich konnte nichts machen. Auch dort war Hilfe im Anmarsch. Meine Mutter weinte und rief immer den Namen meines Vaters. „Bitte lass uns zu Frieden!", rief sie. „Wir können doch nichts dazu." Doch diese grausame Kreatur schleuderte meinen Vater vor die Wand, sodass er sofort tot war. „Jeff, Jeff!", rief sie. Er gab keine Antwort mehr. Ein Grummeln und Grunzen war zu hören und ich betete, dass er meine Mutter leben lassen würde. Im Labor baute sich das Monster vor den Mitarbeitern auf und sagte: „Nun ist es endlich soweit. Ich werde meinen Auftrag erfüllen und schauen, ob wir hier wohnen können. Alle Bewohner aus Andromega sind auf dem gleichen Weg unterwegs. Ihr werdet ausgerottet werden, denn dafür habt ihr uns zu viel angetan. Da wir alle diese Größe haben, könnt ihr nicht viel gegen uns ausrichten." Es grunzte und der Sabber lief ihm aus dem Maul. „Ha, ha", sagte es. „Das wird euch nichts nutzen." Es nahm zwei meiner Kollegen, schleuderte sie herum und schlug sie vor die Wand, sodass sie sofort tot waren. Blut tropfte an den Wänden herunter. „Linda, Linda!", hörte ich laut durch den Hörer. Plötzlich ein Aufschrei. Auch meiner

Mutter konnte nicht mehr geholfen werden. Leider war in diesem Moment an Trauer nicht zu denken, denn ich musste aus der schlimmen Situation herauskommen. Nur wie? Ich sprach das Untier an: „Ich will dir einen Vorschlag machen, bitte hör mir nur einen Augenblick zu." Mir zitterte die Stimme, doch es durfte nicht merken wie schlecht es mir ging. „Wir wollen alles wieder gutmachen, was wir euch angetan haben. Wir werden euren Planeten wieder bewohnbar machen", sagte ich mit zitternder Stimme. „Aber wie wollt ihr uns erreichen?", fragte das Wesen. „Die NASA hat geheime Informationen darüber, wie man auch sehr weit entfernte Planeten erreichen kann. Lichtgeschwindigkeit ist schon kein Thema mehr. Informationen wird der Präsident mitbringen." „Ich werde mir anhören was er zu sagen hat", sagte das Wesen. Einige Minuten später wurde das Institut umstellt und

die Tür zum Labor aufgerissen.
Soldaten mit schweren
Maschinenpistolen feuerten von allen
Seiten auf das Ungeheuer. Es fiel nicht
um, sondern löste sich in Nichts auf.
„War das alles nur ein Traum?", fragte
ich. „Nein!", antwortete Bob, ein
Kollege, der gerade seinen Dr. in
Biologie gemacht hatte. „Leider haben
wir die Realität erlebt. Nur wissen wir
nicht, wie viele von diesen
scheußlichen Gestalten schon unter
uns sind." Überall in den Staaten
wurde der Notstand ausgerufen, die
Menschen sollten bei dem kleinsten
Verdacht den Präsidenten und das
Militär benachrichtigen. Meine Eltern
hatte ich verloren, das konnte ich
nicht mehr rückgängig machen. Aber
ich hatte eines verstanden. Wir
Menschen müssten endlich begreifen,
dass wir nicht einzigartig sind, dass
wir mit dem, was wir haben, nicht
sorglos umgehen könnten. Und wer

weiß, wie lange es noch dauern würde, bis wir selbst uns einen anderen Planeten suchen müssten, damit die wir weiter existieren könnten. Halten wir den Weltraum sauber und lernen wir endlich Zurückhaltung und Demut für das, was uns geschenkt wurde.

Der Opfergang

Die Inspektoren Bob Nelson und Nick Brando hatten im Stadtteil Manhattan ein kleines Büro. Dieses Büro suchten nur ganz bestimmte Leute mit besonderen Problemen auf. An der Tür stand „Police" und darunter in kleiner Schrift „Geisterjäger". Kleine Schrift wurde aus dem Grundgenutzt, dass es nicht jeder auf Anhieb lesen sollte, denn sie schämten sich für ihre fast unglaubhafte Arbeit. Aber in den letzten Jahren waren zu viele mysteriöse Dinge geschehen, die auch einen erfahrenen Geisterjäger schockierten. Immer wieder wurden sie gerufen. Nur Bob Nelson und Nick Brando hatten sich jedes Mal bereiterklärt zu helfen. Im Laufe der Zeit spezialisierten sie sich auf dem Gebiet der Geisterjagd. Nichts entging ihrer Aufmerksamkeit. Aber fast immer gewannen sie den Kampf gegen das Böse. An diesem Oktobermorgen, es war noch dunkel und nebelig, klopfte es heftig an der Bürotür. Beide erschraken und richteten den Blick zur Tür. Sie wussten, dass wieder Arbeit auf sie wartete.

„Herein!", rief Nelson. Ein junges Paar betrat den Raum. Kreidebleich im Gesicht, fingen sie fast gleichzeitig an zu reden: „Drüben am Waldrand, haben wir uns ein Haus gekauft. Wir wollten dort wohnen, bis wir alt werden. Außerdem ist meine Frau schwanger.", sagte der Mann. Das Haus wäre groß genug für eine Familie. „Am ersten Abend, nachdem wir eingezogen waren, spielte sich nichts Ungewöhnliches ab. Aber am nächsten Tag ging es los. Der Horror begann. Seit einigen Wochen ist dieses Haus unser Zuhause, dachten wir jedenfalls. Ruhe fanden wir bisher nicht. Unsere ganzen Ersparnisse sind für den Kauf des Hauses draufgegangen. Wo sollten wir sonst hin?" „Sachte, immer sachte", sagte Bob Nelson in seiner lässigen Art. „Jetzt beruhigen sie sich doch etwas und erzählen sie uns in aller Ruhe, was geschehen ist." Anne Baker sprach: „Ich ging eines Morgens in die Küche, wollte mir einen Kaffee machen. Mein Mann fuhr sehr früh ins Büro. Ich war allein im Haus. Ich weiß nicht, ob ich überhaupt was sagen soll. Sie werden mir bestimmt nicht glauben. Auch das, was mein Mann ihnen sagen will, klingt irgendwie unglaubhaft." Nick Brando antwortete: „Aber Miss Baker, dafür sind wir doch da, um gerade solche Fälle zu klären." Nun sprach sie weiter: „Es stand, wie aus dem Nichts, eine Frau im Nonnengewand vor mir. Sie glotzte mich mit weit aufgerissenen Augen an und krächzte hysterisch und bösartig: Wir wollen dein Kind, wir werden es uns holen, wenn es soweit ist. Dann war sie plötzlich wieder verschwunden. Am Abend erzählte ich es meinem Mann, doch so recht glaubte er mir nicht und schob es auf meine Schwangerschaft. Nein, nein antwortete ich ihm, mein

Verstand hat mir keinen Streich gespielt. Ich habe sie wirklich gesehen. Roger nahm mich in den Arm und riet mir, darüber zu schlafen. Aller ein paar Tage tauchte von da an diese wahnsinnige Nonne auf. Nicht nur in der Küche überraschte sie mich, sondern überall dort, wo ich mich gerade aufhielt. Mittlerweile glaubt Roger mir." „Das klingt alles sehr unglaubwürdig, ist aber nichts Neues für uns. Solche Fälle hatten wir hier in den letzten Wochen mehr als genug", meinte Nick Brando.

„Nun ja", fuhr Roger fort, „Ich ging in den Keller. Da ständig die Sicherungen herausflogen, wollte ich nachsehen, was da los ist. Da standen sie im Kreis. Sechs Nonnen. Es war ein Zeichen auf dem Boden gemalt, aber ich konnte es nicht erkennen. Es war zu dunkel. Monotone Sprechchöre waren zu hören, so etwas wie eine

Beschwörung. Schwarze Kerzen leuchteten an den Wänden des Kellergewölbes. Auf einmal ging eine der Nonnen weg. Sie verschwand einfach durch das dicke Mauerwerk. Wenig später kam sie mit einem Säugling auf dem Arm wieder. Wenn ich es nicht mit eigenen Augen gesehen hätte, könnte auch ich es nicht glauben." Die Angst stand ihm ins Gesicht geschrieben. „Reden sie weiter, Mister Baker", sagte Bob Nelson locker wie immer. Roger stotterte hektisch: „Sie legte das Kind in die Mitte des Kreises und sprach eine Beschwörungsformel. Als das Kind schrie, wurde es sofort umgebracht. Das ganze Spektakel dauerte eine halbe Stunde. Anschließend löste sich alles vor meinen Augen in Luft auf. Meine Selbstbeherrschung hatte ich nicht mehr im Griff, als ich nach oben ging. Der Strom schaltete sich wieder ein, ohne dass ich eine neue Sicherung brauchte." „Mein Gott!", sagten beide Inspektoren fast gleichzeitig, „Das ist ja mehr als grauenhaft." Anne Baker weinte. „Ich habe Angst um das Baby, was sollen wir nur tun?" „Miss Baker, genau dafür sind wir da, bitte machen Sie sich keine Sorgen", sagte Bob. „Geister müssen, um sie unschädlich zu machen, ignoriert werden. Einfach nicht beachten, wenn es wieder geschieht. Gehen Sie nun erst mal nach Hause. Warten Sie ab, wir werden uns in den nächsten Tagen bei Ihnen melden, sobald wir etwas herausgefunden haben." Roger und Anne Baker gingen Hand in Hand zu ihrem Auto, setzten sich in den alten Ford und fuhren weg. Wieder ereignete sich Tage später etwas Grausames im Hause der Bakers. Sie wollten gerade ins Haus gehen und mussten feststellen, dass die Haustür offenstand. Bluttropfen waren zu sehen. Sie befanden sich überall an den Wänden und auf den Teppichen. Sogar die Möbel waren beschmiert. Anne schrie laut und konnte sich nicht beruhigen. Roger versuchte seiner Frau klarzumachen, dass sie schwanger war und an das Kind denken sollte.

Er versuchte das Blut abzuwischen, doch es kam immer wieder durch. Eine große Schrift mit Blut geschrieben tauchte an der Wand auf. Es stand darauf: „Wir werden dein Kind holen. Denke nicht, du bleibst verschont." Dann plötzlich waren die Schrift und die Blutsflecken verschwunden. Anne und Roger liefen hinauf in ihr Schlafzimmer, schlossen sich ein und kauerten engumschlungen im Bett. Keiner von den beiden traute sich, etwas zu sagen. Die Tage vergingen ohne besondere Zwischenfälle. Inspektor

Bob Nelson und Nick Brando
forschten eifrig und fanden heraus,
nachdem sie fast alle Ämter, Kloster,
Stadthäuser und Archive abgegrast
hatten, dass dort, wo sich das Haus
der Brandos befand, vor einhundert
Jahren ein Kloster stand. Die Nonnen
die darin lebten, hielten schwarze
Messen in den Kellergewölben ab. Als
Geschenk für den Herrn, so nannten
sie den Teufel, opferten sie
neugeborene Kinder. Die Babys
bekamen sie von misshandelten
Frauen, die im Kloster Schutz suchten.
Dabei gingen sie brutal vor. Sie
entrissen ihnen regelrecht die Kinder.
Die Nonnen warteten erst gar nicht
den Geburtstermin ab, sondern
schnitten den Müttern einfach den
Bauch auf und holten das unschuldige
Lebewesen heraus. Meistens starben
die Frauen und wurden dann in den
Wänden eingemauert. Keiner fragte
nach ihnen, sie wurden nie vermisst.

Nun waren die beiden Inspektoren gefragt. Durch die Erfahrung, die sie im Laufe der Zeit machten, wussten sie genau, wie sie sich in solchen Situationen verhalten mussten. Nelson und Brando fuhren los, bepackt mit Utensilien, die der Geisterbekämpfung dienten. Am Haus der Bakers angekommen, fanden sie zwei Menschen vor, die kaum noch ein klares Wort sprechen konnten. Sie zitterten am ganzen Leib und erzählten, was in den letzten Tagen passiert war. Die Geisterjäger, so nannten sich die beiden Männer, gingen an die Arbeit. Nick sagte noch: „Bitte packen Sie das Nötigste ein, Sie werden vorläufig in ein Hotel gehen. Sie bleiben so lange dort, bis wir Sie rufen." Für Nick und Bob begann jetzt der schwierige Teil. Sie warteten die Dunkelheit ab. Etwas mulmig war ihnen schon, zumal sie in Erfahrung gebracht hatten, welche grausamen

Dinge an diesem Ort einst geschahen. Nick stellte eine Infrarotkamera auf und schaltete sie ein. Bob montierte noch gerade ein Geräuschaufnahmegerät, das auch die feinsten und leisesten Töne aufzeichnete. Plötzlich hörten sie mystische Gesänge. Sie gingen in den Keller. Sprechchöre und Beschwörungsformeln drangen an ihre Ohren. Sie trauten ihren Augen nicht. Das, was sie sahen, ließ sie vor Schreck erstarren. Eine Teufelsanbetung mit sechs Nonnen die sich im Kreis aufgestellt hatten. In der Mitte des Kreises weinte ein Baby. Die Nonne ging hin und schrie: „Hör auf zu jammern du armselige Kreatur." Sie klebte dem Säugling den Mund zu, bis es sich nicht mehr bewegte. Die Gesänge wurden immer eindringlicher. „Wir müssen handeln Bob", flüsterte Nick. Noch ehe der Gedanke zu Ende gedacht war, tauchte über den Nonnen, oberhalb des Deckengewölbes, ein riesiger Kopf auf. Grausam verzerrt die Fratze, feuerrote Augen und Blut rann ihm aus dem Maul. „Der Teufel persönlich", sagte Bob. „Ich werde mindestens ein Jahr lang Albträume haben. Wir brauchen Feuer. Alles muss verbrannt werden." Nick fand einen Kanister mit Benzin in der anderen Ecke des Kellers. Sie schütteten alles auf den Boden. Damit es heftig brennen konnte, trugen sie Pappe und Papier zusammen. Es brannte lichterloh, die Flammen schlugen gnadenlos zu und fraßen sich durch das ganze Haus. Dann vernahmen sie noch eine Stimme, die hysterisch schrie: „Freut euch nicht zu früh, wir kommen wieder!"

Nick und Bob mussten, von der Straße aus, mit ansehen, wie das Haus niederbrannte. „Es ist wohl besser so", meinte Nick. Roger und Anne

bekamen ein Ersatzhaus. Dafür
sorgten die Bewohner des Stadtteils.
Sie spendeten und gaben dem jungen
Paar alles, was sie erübrigen konnten.
Alle hielten fest zusammen, denn jeder
konnte der nächste in diesem
Gruselkabinett sein. Das neue Haus
stand am anderen Ende des Stadtteils.
Es war zwar etwas baufällig, aber alle
packten mit an, um es wieder
herzurichten. Mit Kleiderspenden und
gebrauchten Möbeln wurden sie
versorgt. Lange würden sie brauchen,
um darüber hinwegzukommen. Aber
sie lebten, und nur das war wichtig.
Ob es nun im Stadtteil Manhattan in
Zukunft ruhiger werden würde,
wusste man nicht so genau. Jedoch
Nick und Bob hielten sich stets bereit,
um jederzeit den Kampf mit dem
Bösen aufzunehmen.

Der Ring – Die Welt der Tepto

Der kleine Bauernhof in Süd-Schweden brachte nicht viel ein. Hanna und Erik Lörensen verkauften ihre wirklich gute Ware mit wenig Gewinn. Nun, dafür hatten sie ihre Stammkundschaft, verhungern würden die Lörensen nicht. Erik schaute sich heute auf dem Feld die Kartoffeln an. Mitten auf dem Feld bemerkte er, dass die Ernte dort sehr schrumpelig umher lag. Alle anderen Kartoffeln sahen wie immer prächtig aus. Etwa zehn Quadratmeter aber waren verdorben. Erik dachte, dass die Bewässerung dort nicht funktioniert hätte und ging der Sache auf den Grund. Genau im Zentrum fand er einen etwa sechzig Zentimeter tiefen Krater. So etwas war ja bekannt, es würde sich um einen kleinen Himmelskörper handeln. Erik kniete nieder und suchte nach einem

Meteoriten. Doch einen solchen fand er nicht. Erik dachte, dass bereits ein Meteoriten-Jäger den Fund geborgen haben könnte. „Oh, was sehe ich, er hat wohl seinen Ring dabei verloren.", freute sich Erik. Er funkelte nicht nur, er leuchtete regelrecht, er war golden, einen Stempel mit dem Goldwert konnte Erik allerdings nicht entdecken. Wie kleine Leuchtdioden strahlten die Lichter, aber es waren keine LED zu entdecken, der Ring strahlte von innen durch das Metall. „Na, egal!", dachte sich Erik. Schon Ewigkeiten hatte er seiner Frau nichts mehr schenken können. Bis zu ihrem Geburtstag in zwei Monaten wollte Erik mit dem Geschenk nicht warten. Vielleicht würden dem Ring die Batterien ausgehen!

Am Abend bereitete Hanna Bratkartoffeln mit Köttbullar. Sie selbst aß zwar lieber Kartoffelpüree dazu, aber Erik liebte Bratkartoffeln mit viel Speck. „Mein Schatz, schon lange habe ich dir nichts mehr schenken können", sagte Erik mit leiser Stimme. „Nein!", fiel ihm Hanna ins Wort. „Deine Liebe erhalte ich jeden Tag!" „Das ist lieb von dir, aber mit diesem Ring will ich vieles gut machen!", fuhr Erik fort. Hanna freute sich riesig, er passte auf den Mittelfinger. Bei dem anschließenden Fernsehprogramm musste Hanna die Hand unter ein Kissen legen, so hell strahlte der Ring. „Ach, Hanna, irgendwann sind die Batterien leer, dann wird er dunkler!", flachste Erik. Tage vergingen, die Ernte war eingefahren, Hanna verkaufte die frische Ware im kleinen Ladenlokal. Jeder bestaunte den Ring, nur, abnehmen konnte Hanna den Ring nicht mehr. Mit jedem Tag, der verging, wurde Hanna schwächer. Erik bemerkte auch, dass seine Frau schneller alterte. Die Haut veränderte sich. Beide suchten einen Arzt auf. Zu einer großen Untersuchung wurde Hanna in ein Krankenhaus eingewiesen. Man fand nichts. Die Ärzte vermuteten eine Überarbeitung. Mit einer Gesichtscreme versuchte Hanna gegen die immer stärker werdenden Falten anzugehen. „Es wird wohl die Sonneneinstrahlung auf dem Feld sein, ich hätte auch besser einen Strohhut tragen sollen", sagte Hanna beim Abendessen zu Erik. Erik fiel im Laufe der Zeit auf, dass Hanna nicht schwächer wurde, sondern sie veränderte sich rein körperlich. Hanna ging gebückter, ihr Haarwuchs verstärkte sich, die Haut wurde blasser, aber Hanna entwickelte eine enorme Kraft. Kartoffeln, die sie in die Hand nahm, zerquetschte sie locker. Trotzdem verkaufte Hanna noch im Ladenlokal. Erstaunlicher Weise veränderte sich auch ihre Kundschaft.

Nicht so gravierend, nicht so schnell, aber sie veränderte sich.

Erik erschrak eines Nachts, als Hanna im Traum Worte stammelte, die er nicht verstehen konnte, auch die Stimmlage änderte sich. „Rusch kermonex Komenex!", sagte sie mit tiefer Stimme. Erik rüttelte seine Frau wach. Morgens stand Erik müde und gebrochen auf. „War das eine Nacht", sagte er zu seinem Spiegelbild. Aber Erik erkannte sich kaum wieder. Seine Haut war schrumpelig, seine Haare enorm gewachsen. Ganz gleich, ob er seine Zahnbürste oder den Rasierer in die Hand nahm, er zerdrückte alles zu Staub. Die Ereignisse überschlugen sich von nun an. Erik ging zum kleinen Ladenlokal. Auf dem Weg dorthin verabschiedete sich Frau Sörensen mit den Worten: „Norex rusch demeto!" Erik antwortete: „Rusch kermonex Komenex rieh!"

Weitere Kunden verabschiedeten sich.
Sie zogen schließlich von Schweden
weg. Sörensen gingen nach England.
Die Lornsens nach Frankreich. Nils
und seine Familie zog es nach Spanien.
Am Abend gab es wieder
Bratkartoffeln und Köttbullar. Hanna
und Erik unterhielten sich, aber nun in
einer anderen Sprache. Damit wir alle
daran teilnehmen können, hier die
Übersetzung: „Unsere Lebensform ist
nun eingegliedert! Sobald sich die
Körper an unseren Geist und Gestalt
gewöhnt haben, können wir noch viele
Jahre hier Leben und uns
fortpflanzen!", sagte Hanna. „Ja,
unsere ach so kleine Welt, der Tepto,
das ist extrem kleiner als Milli, Piko
und Nano, kann endlich wieder
existieren!", fügte Erik hinzu. Der Ring
war ein kleines Raumschiff mit
weiteren Besatzungsmitgliedern, löste
sich von Hannas Finger. Es blieben nur
ein Dutzend kleiner Einstiche übrig,

die wieder heilen würden. Die Lichter strahlten hell, das Raumschiff hob ab, um neue Welten zu besiedeln ... Ja, sie sind unter uns!

Der Schrecken der Nacht

Inspektor Tom Bloom fuhr wie jeden Morgen durch den Stadtteil Chinatown, um nach zwielichtigen Gestalten Ausschau zu halten. Sein Assistent Jeff Nixon war immer bei ihm. Tom regte sich ständig über ihn auf, denn dessen Art Kaugummi zu kauen, hatte der in den dreißig Jahren,

die er mit ihm Dienst schob, nicht
abgelegt. Plötzlich eine Durchsage:
„Fahrt schnell in den Hyde Park, dort
ist wieder eine Person tot umgefallen."
Tom Bloom und Jeff Nixon fuhren
sofort los. Nixon meinte: „Wieder
jemand, der sich einen Streich erlaubt
hat. In den letzten Monaten starben
viele Menschen aus heiterem Himmel,
einfach so. Sie müssen aber vorher
noch etwas gesehen haben. Denn ihre
aufgerissenen Augen deuten auf ein
schreckliches Erlebnis hin." Was
erwartete nun Tom Bloom und Jeff
Nixon im Heyde Park? Drüben in
Down Town lag ein junges Ehepaar
tot, mitten auf dem Gehweg, in einer
Seitenstraße. Eng umschlungen, ja fast
schon ineinander verkrampft, mit weit
vor Angst aufgerissenen Augen. Der
Inspektor und Jeff stiegen aus ihrem
alten Caddy aus und gingen zu der
Stelle, an der das Pärchen lag.
Entsetzen lag in Blooms Augen, als er

die Leichen sah. Da war nicht nur das junge Paar, dort lagen auch zwei kleine Kinder, ebenfalls mit weit aufgerissenen Augen. Seit Monaten riss diese Serie nicht ab. Was war hier los? Im Police Departement angekommen, setzten sich Bloom, Nixon und die anderen zusammen. Sie beratschlagten was zu tun sei. Keiner konnte einen konkreten Vorschlag machen. Nur eines konnten sie ausschließen: Mord und Diebstahl. Auch durch Krankheit oder Altersschwäche umgekommene Personen kamen nicht in Frage.

„Zuerst einmal muss der Hyde Park bewacht werden", meinte Jeff. „Am besten Tag und Nacht. Wir könnten ja versteckt an verschiedenen Stellen Nachtsichtkameras aufstellen, sodass man sie nicht bemerken kann." Inspektor Nixon und seine Leute fanden die Idee großartig, meinten aber: „Die Todesfälle sind doch in verschiedenen Stadtteilen vorgekommen und Boston ist nicht gerade eine kleine Stadt. Alles kann bestimmt nicht überwacht werden." Tom Bloom ärgerte sich über ständige Zweifler und schimpfte lautstark: „Verdammt noch mal, ihr Pfeifen, wenn wir nichts tun, kommen wir nie dahinter was hier passiert. Ich will euer Gejammer nicht hören, fangt endlich an. Ich will so schnell wie möglich Ergebnisse auf dem Tisch liegen haben. Und Sie Nixon, nehmen Sie endlich den Kaugummi aus dem Mund." Am Abend wurden Kameras im Park verteilt. Sie waren so klein, dass man sie nicht sehen konnte. Am Tag darauf war die Enttäuschung groß, denn es war – wie zu erwarten – nichts zu sehen. Ein Raunen und Seufzen war zu hören. „Mein Gott, bitte meine Herren, etwas Geduld müssen wir schon haben."

Zwischendurch, wieder ein Anruf. Abermals, schon das zehnte Mal in einem Monat, dass ein Mensch zu Tode gekommen war. Der Inspektor und Jeff Nixon ließen alles stehen und liegen und fuhren sofort los. „Haben Sie noch Worte für das was hier passiert, Jeff?" „Nun, ich kann mir absolut keinen Reim daraus machen." Als sie ankamen lag da ein junger Mann. Wieder hatte der Tote weit aufgerissene Augen. Die Leute müssen kurz vorher etwas Schreckliches gesehen haben, denn auch die Haare der Leichen waren stellenweise grau. Im Caddy unterhielten sich die beiden: „Hören Sie mal Jeff, wenn Ihnen meine Art auf den Nerv geht, dann sagen Sie es bitte. Ich meine es nicht böse, wissen Sie." Tom Bloom grinste breit übers ganze Gesicht. „Aber Chef, ich weiß doch wie Sie es meinen", sagte Nixon. „Übrigens können Sie du zu mir sagen, denn ich glaube, dass was wir zusammen schon erlebt haben, hat uns irgendwie zusammengeschweißt", meinte der Inspektor. „Aber mit dem Kauen hörst du auf, Jeff, ja?" Er lachte dabei herzlich. Wieder vergingen Tage des Wartens und auf den Kameras war immer noch nichts zu sehen. „Scheiße, Mann!", schrie Bloom. „Das ist doch nicht möglich."

Aus anderen Stadtteilen gingen Anrufe in China Town ein. Inspektor Bloom wurde hellhörig und ungehalten gleichzeitig. „Was gibt's denn bei euch Neues!", schrie er fast hysterisch in die Muschel des Telefons. „Nur die Ruhe Tom, ich bin es, Jim Tailer aus Dorchester." „Ach du bist es, Jim, entschuldige meinen Tonfall, bin ein bisschen überarbeitet, nach dem, was hier in den letzten Monaten passiert ist, kein Wunder." „Tom hör' mir mal aufmerksam zu, es ist wichtig, was ich nun sage. Bei mir ist gerade gemeldet worden, dass mehrere Leute während eines Spaziergangs eine Totenkopfgestalt gesehen haben wollen. Muss grausam gewesen sein. Rote Augen, zirka 1,90 Meter groß und breit grinsend. Ich kann mir gut vorstellen, dass man da vor Schreck tot umfallen kann. Wenn es das ist, was ich vermute." „Gut, danke Jim, ich bin froh dass du angerufen hast, so haben wir wenigstens einen Anhaltspunkt. Wir werden sehen, ob was an der Geschichte dran ist." Tom legte kreidebleich den Hörer auf und rief Jeff zu sich. „Brauchst mir nichts zu sagen Tom, ich hab alles mitgehört. Jetzt müssen wir wirklich alles daran setzen, um die Sache aufzuklären. Nur Geister und Knochenmänner lassen sich sehr schlecht einfangen", witzelte Nixon. „Eigentlich glaube ich nicht an so was", sagte der Inspektor. „Leider müssen wir der Sache nachgehen."

Einige Tage später bekam Tom Bloom
einen Anruf. Er wusste schon, was
jetzt kam. Es wurde wieder eine
Leiche gefunden – in der Nähe der
Howard University. Eine junge
Studentin, sie hatte noch alles vor sich.
Was führte dieses Monster im Schilde,
was bezweckte es und wer war es?
Tom und Jeff warfen sich in den alten
Caddy, sodass die Stoßdämpfer ein
lautes Knacken von sich gaben. An der
University angekommen, sahen sie das
junge Mädchen auf dem Gehweg
liegen. Die Augen quollen dem armen
Ding aus dem Kopf. Das Grauen war
im Gesicht des Mädchens zu erkennen.
Ein zusammengefaltetes Stück weißes
Tuch lag daneben. Der Inspektor
faltete das Tuch auseinander und
hätte fast vor Schreck alles fallen
gelassen. Mit Blut stand dort
geschrieben: „Ich, Natas, werde die
Welt für mich gewinnen. Niemand von
euch wird jemals eine Chance haben.

Ach was seid ihr doch ein dummes Erdenpack. Ich verkörpere das Böse in Form von vielen Gestalten. Ihr werdet es nicht schaffen, mich zu bekämpfen. Ich werde immer gewinnen. Natas wird nie unter gehen ha, ha, ha!"

Auch Jim Tailer aus Dorchester musste mit dem Bösen Bekanntschaft machen. Eines Abends, er hatte Dienstschluss, ging er zu Fuß nach Hause. Sein Dienstwagen war zur Inspektion. Es war stockdunkel, denn in dieser Gegend waren immer sämtliche Laternen zerstört. Kein Wunder, denn hier lebte der letzte Abschaum. Trotzdem Jim den Weg zu seiner Wohnung mit geschlossenen Augen finden würde, hatte er auf einmal panische Angst. Ihn verließ der Mut. Er hörte hinter sich ein eigenartiges Geräusch. Er drehte sich um und vor ihm stand ein 1,90 Meter großer Knochenmann mit glutroten Augen und einem Bischofsstab in der gruseligen Hand mit den langen Knochenfingern. Er grinste breit und lachte hämisch. „Hab ich dich endlich du Taugenichts. Was hast du denn schon in deiner gesamten Polizisten Laufbahn erreicht? Wie viele Fälle hast du aufgeklärt? Ich muss lachen. Ich glaube, wohl kaum der Rede wert. Jetzt hörst du mir einmal gut zu Jim Tailer." Jim war standhaft, obwohl ihm fast schwarz vor den Augen wurde, riss er sich zusammen, denn er musste einen klaren Bericht abliefern. Wenn er überhaupt noch dazu kam. Die Gestalt sprach mit einer krächzenden, boshaften Stimme: „Wenn ihr nicht aufgebt, hinter uns herzujagen, wird euch Schlimmes widerfahren. Ihr werdet genau so elendig sterben, wie alle anderen vor euch. Auf dieser und auf anderen Erden werden wir immer die Mächtigsten sein, merke es dir. Nach uns und neben uns kommt nichts mehr. Es wird die Zeit kommen, da werdet ihr uns Kirchen bauen und uns anbeten."

Tailer war starr vor Angst und sackte zusammen. Als er wieder aufwachte, fand er sich auf einem Schrottplatz wieder, zwischen alten Autos, die schon auf dem Weg in die Presse waren. Kriechend schaffte er es, sich aus den Schrottbergen zu retten. Er kroch noch ein Stück und versuchte sich aufzurichten. Zum Glück hatte er sein Handy noch und konnte Hilfe anfordern. Mit letzter Kraft rief er in der Zentrale an, bevor er das Bewusstsein verlor. Einen Tag später saß er wieder in seinem Büro in Dorchester und rief Tom Bloom in China Town an: „Tom, bist du dran?" „Ja, was gibt es neues, Jim?" „Hier ist die Hölle los, sprichwörtlich gesagt. Viele Tote und diese Knochentypen haben wir noch nicht persönlich kennengelernt. Aber er hat einen Stofffetzen hinterlassen mit blutiger Aufschrift." Tom Bloom las seinem Freund und Kollegen vor, was darauf geschrieben stand. „Kannst du damit was anfangen, Jim?" „Tom ich weiß nicht, wie ich es dir sagen soll, aber mir sitzt die Angst noch im Nacken. Ich habe gestern Abend mit dieser unheimlichen Gestalt Bekanntschaft gemacht. Fand mich dann auf einem Schrottplatz wieder und konnte mich gerade noch vor der Schrottpresse retten. So etwas Grausames möchte ich nie wieder erleben. Er drohte mir, wenn wir nicht aufhören, ihn zu bekämpfen, würde uns Schreckliches geschehen."

„Jim, jetzt beruhige dich wieder", sagte Tom Bloom. „Ich glaube, wir müssen hier in meinem Büro dringend eine Krisensitzung abhalten. Unsere Leute und wir beide müssen einen Plan

aufstellen, nach dem wir vorgehen.
Schließlich geht es hier um eine ganze
Stadt, die Schutz braucht." „Du sagst es
Tom. Ich schlage vor, wir alle treffen
uns hier morgen früh, dann sehen wir
weiter. Geht das für euch klar Jim?"
„Ja, okay, wir kommen." Chinatown
lag an diesem Morgen im Frühnebel.
Alles war ruhig, niemand auf den
Straßen, nur im Büro von Inspektor
Tom Bloom war die Hölle los. Das
nicht gerade große Büro quoll über
mit Leuten. Sie trafen sich an diesem
Tag wie besprochen, um einen Plan
auszuarbeiten. Die furchtbare Gestalt
musste endlich zur Strecke gebracht
werden. Jim Tailer und seine Leute
hörten aufmerksam zu, was Bloom
und Nixon ihnen zu sagen hatten.
„Leute, wir haben euch hier
zusammenkommen lassen, weil die
Situation kritisch ist", sagte Tom.
„Viele Menschen sind in Boston in den
letzten Monaten ums Leben

gekommen. Es waren keine Morde, dass wissen wir nun. Der Schreck und der Horror ließen sie einfach sterben. Wenn Jim nicht so starke Nerven gehabt hätte, wäre auch er jetzt in den ewigen Jagdgründen verschwunden", sagte Jeff.

„Nun, was haben wir an Anhaltspunkten?", bemerkte Tom. „Es ist eine sehr große Gestalt, besser gesagt ein Skelett. Es hat blutrote Augenhöhlen und trägt einen Bischofsstab in der rechten Knochenhand. Der Teufel höchstpersönlich." Jim wurde nachdenklich: „Einen Bischofsstab? Sicher, jetzt erinnere ich mich wieder. Wir müssen herausfinden wer diese Gestalt mal war. Offensichtlich ein Bischof." „Jim, du durchforstest sämtliche Kirchenregister unserer Stadt. Du Jeff, gehst mit mir ins Stadtarchiv. Wir müssen unbedingt

Klarheit schaffen. Okay Leute, an die Arbeit, wir dürfen keine Zeit verlieren. Wir treffen uns in zwei Tagen wieder hier und ich hoffe, ihr kommt mit Neuigkeiten zurück!" Jedoch die Tage verstrichen ohne Ergebnis.

„Fast alle Kirchen haben wir durch, nur eine einzige, da kommen wir so schnell nicht ran." „Warum nicht?", brüllte Tom ungehalten. „Sie steht im Verruf, dass dort vor 100 Jahren schwarze Messen abgehalten wurden. Ein Bischof, mit Namen Paulus soll dort das Sagen gehabt haben. Er wohnte in diesem Gebäude und starb während eine Messe abgehalten wurde. Man sagt, der Teufel selbst habe ihn damals geholt." Tom fragte vorsichtig, aus Angst sich wieder im Ton zu vergreifen: „Jim, habt ihr denn herausgefunden, wo sich diese Kirche befindet? Hat sie Bestandschutz?" „Ja, Tom, die Kirche liegt weit außerhalb von Boston, schwer zu finden, steht aber nicht unter Bestandschutz. Viele Leute, die wir befragt haben, wollen des Öfteren nachts dort Licht gesehen haben und eine Gestalt, die Gebete in einer völlig fremden Sprache spricht." „Mein Gott!", schrie Jeff hysterisch los, „ich glaube, ich verliere die Nerven. Das ist ja der reinste Horrorfilm." „Ja, Jeff das ist es wohl", meinte Jim Tailer.

Die Inspektoren beschlossen, diese unheimliche Kirche aufzusuchen und zu inspizieren. Einige Tage später war es soweit. Alle trafen sich wieder in Tom Blooms Büro. „Leute, habt ihr euch gut vorbereitet?", fragte er. Er versuchte immer noch gute Miene zum bösen Spiel zu machen. Jeff schob sich vor Aufregung einen Kaugummi nach dem anderen in den Mund. Seine Backen erschienen so dick, als wenn man ihm ins Gesicht geboxt hätte. Tom verkniff sich diesmal seine dummen

Bemerkungen. Die Situation war zu ernst. Da wollte er sich nicht mit solchen Lappalien herumärgern. Sie fuhren los. Die Fahrt war lang und es wurde bereits dunkel, als sie endlich ankamen. Eine alte Kirche tauchte auf. Sie war aus dem 16. Jahrhundert und machte schon von weitem einen gruseligen Eindruck. Man konnte das Grauen förmlich spüren. Die Männer öffneten langsam die Tür. Tom hatte eine Pistole bei sich, die mit silbernen Patronen geladen war. Jeder der Männer hatte ein silbernes Kreuz bei sich. Aber, was noch wichtiger war, Sprengstoff um, wenn es ganz schlimm kommen sollte, das Gebäude in die Luft zu jagen. Die Atmosphäre war erdrückend. Schwerer Weihwassergeruch vermischt mit etwas Undefiniertem waberte in der Luft. Der Altar war schwarz und das darüber hängende Kreuz verkehrt herum aufgehängt. Schwarze Kerzen leuchteten in der Dunkelheit. Tom, Jeff und Jim waren erst einmal allein. Alle anderen Männer schoben draußen Wache. Eine angsteinflößende Stille machte sich breit. Plötzlich erhob sich aus dem Nichts heraus eine Gestalt. Es wurde immer unheimlicher. Bischof Raulus, der schon vor 100 Jahren starb, stand nun in voller Größe hinter dem Altar. „Was wollt Ihr hier?", krächzte er. „Wir wollen dich vernichten, du hast viele Menschen auf dem Gewissen, die unschuldig sterben mussten." „Ich hasse euch!", entgegnete der Bischof. „Ich habe mich damals dem Bösen zugewandt, weil man mir ewiges Leben versprach, wenn ich es schaffen würde, die Menschen zum wahren Glauben zu führen. Ich versuche es immer wieder und wer nicht mitziehen wollte, musste sterben. Der Teufel wird auf dieser Erde die Oberhand gewinnen, da könnt ihr nichts gegen tun, ha, ha.

Menschen sind beeinflussbar. Man kann sie manipulieren. Genau das werde ich tun und wer sich mir in den Weg stellen will, der muss sterben. Nun zieht wieder von dannen, ihr dummes Menschenpack, bevor ich euch erledige."

Tom Bloom, Jeff Nixon und Jim Tailer zögerten nicht lange, gaben den Männern ein Zeichen und feuerten mit ihrer silbernen Munition los. Gezielt trafen sie Raulus ins Herz. Zuerst lachte er noch höhnisch und alle sahen die Situation als aussichtslos an. Doch er sackte langsam zusammen. Tailer drückte ihm das silberne Kreuz auf die Brust. In diesem Moment zerfiel der Körper des Bischofs zu Staub. Nichts erinnerte noch an ihn. Tom sagte: „Zur Sicherheit werden wir noch die Kirche in die Luft jagen." Sie legten den Sprengstoff aus, verkabelten alles und machten dem Spuk endgültig ein

Ende. Die Menschen in Boston konnten wieder ohne Angst auf die Straße gehen. Inspektor Bloom und Jeff Nixon kämpften weiterhin gegen die Gefahren aus der Unterwelt an.

Die Eigenarten des Frank Berger

Montags ging er brav in sein Büro am Kurfürsten-Damm. Berlin war seine Heimat und hier wollte er sterben. Seine kleine Wohnung lag in einer schmuddeligen Seitenstraße. Ihm war es eigentlich egal, denn am Abend war er ein anderer Mensch. Tagsüber ein hagerer Mann, immer korrekt gekleidet, höflich seinen Mitmenschen gegenüber. Ein Biedermann im wahrsten Sinne des Wortes. Frank Berger war Angestellter bei einer kleinen Möbelfirma. Er verdiente nicht schlecht und war zufrieden mit seinem Leben. Nur am Abend, war er nicht mehr der Frank Berger, den alle kannten und respektierten. Er erschien vollkommen verändert. Auffällig waren seine Kleidung und sein verändertes Wesen. Auch sein Erscheinungsbild war nicht mehr so wie sonst. Er entpuppte sich abends als reicher Lebemann mit einem miesen Charakter. Niemand erkannte ihn wieder. Auch seine Stimme veränderte sich. Jedenfalls war er nicht mehr der liebenswerte und freundliche Herr Berger von nebenan.

Er ging jeden Abend aus dem Haus, um seinem Playboy-Leben nachzugehen. Keiner durfte ihn ansprechen. Er reagierte sofort aggressiv und pöbelte die Leute an. Er krakelte laut schallend und lachte höhnisch, wenn er wieder mal jemanden beleidigt hatte. Er machte jeden fertig, der sich ihm in den Weg stellte. Wer war dieser Mann? Er kam immer aus der Wohnung von Frank Berger und am nächsten Morgen war er verschwunden. Berger ging wie gewohnt aus dem Haus, grüßte alle freundlich und erfreute sich an der Natur. Nur, dass er seit Monaten in einem kleinen Labor arbeitete, das er sich vor ein paar Monaten eingerichtet hatte, wusste keiner. Franz Berger hatte sich immer schon für Chemie interessiert und wollte eine Flüssigkeit entwickeln, die ihm ein junges Äußeres gab. Jeden Abend, wenn er nach Hause kam, trank er von dieser grünlichen Substanz. Eigentlich hatte er sich die Wirkung nicht so vorgestellt. Aber aus dieser Nummer kam er nicht mehr raus. Wollte er auch nicht. Zu schön waren die

Stunden in einem anderen Körper.
Man achtete ihn, hatte Angst und
machte ihm den Weg frei, wenn er
kam. Er war auf Partys gern gesehener
Gast und schmiss das Geld zum
Fenster heraus. Nach und nach gingen
seine Ersparnisse dabei drauf. Wenn
er nicht stoppte, würde er sich selbst
ruinieren. Leider hatte sich sein
Körper an die Flüssigkeit gewöhnt
und die Wirkung ließ bereits nach
wenigen Stunden nach. Immer mehr
musste er davon schlucken, um länger
der sein zu können, der er immer sein
wollte. Nach einiger Zeit wurde sein
Körper jedoch schwächer und seine
Geldreserven waren aufgebraucht.
Was tat er nur? Was hatte er sich
angetan? Er musste sich mehr von
dem Mittel herstellen, denn sein
Körper funktionierte nur noch am
Abend, wenn er diese Horrortropfen
zu sich nahm. Burger vermittelte
überall den Eindruck, reich und

einflussreich zu sein. Wo er auch hinkam, krochen ihm die Menschen zu Füßen. Sie hatten Angst vor seinem Wesen. Machte man nicht das, was er wollte, wurde er boshaft und unberechenbar. Er hatte keine Angst um sein Vermögen. Jedoch war es fast aufgebraucht. Aber das Gefühl, überall Kredit zu haben, war einfach berauschend. Nur, was war mit seinem Körper geschehen?

Morgens in der Firma fielen ihm die Augen zu. Er konnte sich nicht mehr konzentrieren. Nein, so wollte er nicht leben, dass wollte er nicht. Jetzt hatte sich sein Körper an den Zustand gewöhnt und brauchte immer mehr davon, um nur halbwegs zu funktionieren. Am Abend, als er sich in dieses Monster verwandelte, hatte sich auch sein Denken verändert. Er wurde immer boshafter und schreckte vor nichts mehr zurück. Eines Abends im Sommer lauerte er einem Mann auf, der gerade nach Hause gehen wollte. Er kam aus einem Geschäft, ging über die Straße und musste durch einen Park. Er schlug ihm mit einem riesigen Knüppel den Schädel ein. Er kniete sich neben die Leiche und stahl alles, was der junge Mann in seinen Taschen hatte. Grausam war Burgers Gesicht verzerrt. Speichel rann ihm aus den Mundwinkeln. Er lachte höhnisch, stand auf und verschwand mit seiner Beute. Etwas Bargeld, eine Uhr und ein kleines Bild einer jungen Frau. Laut lachend und bösartig grinsend humpelte Berger davon. Die Polizei fand heraus, dass der Mann recht junger Student war, der am Abend des Mordes seine Freundin besuchen wollte.

„Grausam!", sagte Kommissar Helmut Wolf. „Dass es so etwas in unserer Zeit noch gibt. Diese perversen Menschen sollte man öffentlich hängen." Sein

Kollege, Michael Holtkamp, musste sich abwenden, denn sonst hätte er sich übergeben müssen. Die Leiche war von der Kehle bis in den Schambereich aufgeschlitzt. Die Eingeweide hingen heraus, das Herz war herausgerissen und lag daneben. „Mein Gott", sagte der Kommissar, „welches Untier war den hier am Werk?" „Der Mörder muss blutbesudelt gewesen sein. Ein Geisteskranker ist wohl noch milde ausgedrückt", meinte Holtkamp. Sie ließen den Toten oder das, was von ihm noch übrig war, abtransportieren.

Berger wurde am anderen Morgen wach und fand sich blutverschmiert vor. Alles klebte in seinem Bett vom Blut. Neben seinem Bett lagen die Uhr des Ermordeten und das Bild von dessen Freundin. Was war geschehen? Entsetzt schaute Frank Berger in den Spiegel. Auch hier sah er ein blutverschmiertes Gesicht. Er bekam Angst. Angst vor sich selbst und vor dem, was er getan hatte. Nach dem Bad ging er wie jeden Morgen zur Arbeit. Niemand ahnte etwas. Noch nicht mal Berger vermutete, so eine grausame Tat begangen haben zu können. Mittlerweile musste er sich am Abend mit der dreifachen Menge dieses Mittels zu dröhnen, damit er funktionieren konnte. Nach seinen Gräueltaten fiel er in einen dermaßen tiefen Schlaf, dass er sich noch nicht einmal an die kleinste Kleinigkeit erinnern konnte. Die Angestellten in seiner Firma schauten sich in der Pause jedes Mal die Nachrichten an und riefen ihn: „Frank, komm doch mal her, schau dir mal an was ganz in der Nähe deiner Wohnung in der letzten Nacht geschah. Ein bestialischer Mord ist ein paar Straßen weiter geschehen. Dabei kam es dem Täter wohl weniger auf die

Beute an, sondern auf den Mord selbst. Laut Polizei muss der Mörder eine wahnsinnige Lust verspürt haben, als er dem Mann den Leib aufschnitt. Er riss ihm sogar das Herz heraus." „Nein", sagte Berger entsetzt. „Das habe ich nicht mitbekommen, denn in letzter Zeit schlafe ich sehr tief." Berger schwante etwas. Das viele Blut in seinem Bett und an seinem Körper, wo kam es her? Ihm wurde mulmig und er bekam Angst. Sollte er etwa? Nein, nein, das wies er weit von sich. Das konnte nicht sein. Der Feierabend rückte näher und Frank konnte es kaum erwarten, in seine Wohnung zu kommen. Ein eigenartiges Gefühl überfiel ihn schlagartig. Er zitterte am ganzen Körper und schluckte mit der letzten Energie sein Elixier herunter, das ihn innerhalb kurzer Zeit in ein mieses Monster verwandelte. War er zu Anfang ein Lebemann, der in eleganter

Erscheinung auftrat, so war er jetzt ungepflegt, schmutzig, der Speichel lief ihm aus dem Mund und sein hämisches Lachen konnte man meilenweit hören. Er stolperte mit einem unkoordinierten Gang aus dem Haus. Es war schon dunkel. Er brauchte dringend Geld, denn seine Bank gab ihm nichts mehr und außerdem brauchte er noch etwas anderes: Blut, viel Blut. Er berauschte sich daran, wenn es aus einem Körper spritzte und er das Herz herausreißen konnte. In diesem Zustand scherte er sich nicht einmal darum, ob man ihn sah oder nicht. Die Gier, die ihn trieb, war stärker und musste schnell befriedigt werden.

Er stolperte mitten in der Nacht durch halb Berlin. Die Straßen waren leer. Nur eine junge Frau wurde mit einem Taxi nach Hause gebracht und Berger beobachtete sie. Seine Schnelligkeit in diesem Zustand war unglaublich, denn innerhalb von Sekunden war er an ihrer Wohnungstür. Er hielt ihr den Mund zu, als sie versuchte zu schreien. Sie war Kellnerin, die sich auf ihren Feierabend freute. Wieder fand sich Frank Berger am nächsten Morgen in einer Blutlache wieder. Er wurde stutzig. Das konnte er doch nicht geträumt haben, dachte er. Sogar an seinem Mund war Blut, als wenn er in etwas Blutiges gebissen hätte und es wäre ihm dann heruntergelaufen. Wieder waren Holtkamp und Wolf beauftragt den Fall zu klären. Und wieder standen sie vor einem Rätsel. So grausam konnte doch kein Mensch vorgehen. Wolf sagte: „Noch so ein Fall und ich schmeiß hier alles hin, ich will so was nicht mehr sehen." Es übertraf ihre schlimmsten Fantasien, was sie da sahen. Der Toten wurde zuerst der Schädel eingeschlagen, dann schlitzte der Täter sie auf und ließ sie ausbluten. Dann riss er ihre Leber und das Herz heraus. Das Herz musste er wohl mitgenommen haben, denn es war weg. Berger bekam panische Angst. Sollte er etwa? Er musste es glauben, denn nun fand er in seinem Bett ein Stück eines menschlichen Herzens. Schnell musste er handeln, solange er noch in der Lage dazu war. Er schrieb einen langen Brief an die Polizei. In diesem Brief stand: „Ich habe dem Grauen ein Ende bereitet. Leider hat mich meine Experimentierfreude zu einem bestialischen Mörder gemacht. Es tut mir leid was passiert ist. Da ich Angst habe, heute Abend wieder als mordendes Monster durch Berlin zu ziehen, werde ich dem ein Ende setzen. Die Flüssigkeit, die sie in den Reagenzgläsern finden werden, hat mich zu diesem Tier werden lassen. Ich brauchte immer mehr davon und verwandelte mich im Laufe der Zeit in das blutgierige Tier. Nun werde ich gehen und niemand wird jemals wieder Angst haben müssen. Ich will noch sagen, dass jeder versuchen sollte, mit dem was er ist und was er hat, zufrieden zu sein und nicht Dingen hinterherzujagen, die man nicht haben kann. Mich und andere Menschen hat es das Leben gekostet."

Die Kathedrale des Grauens

Auf einem Hügel im Spessart stand eine schöne alte Kathedrale im gotischen Stil erbaut. Sie war aber auch angsteinflößend. Rings umher nur tiefer Wald und Einsamkeit. Niemand traute sich in die Nähe dieser Kirche, denn es waren grausige Geschichten im Umlauf. Es hieß, dass dort immer um Mitternacht der Glockenturm betätigt wurde und leiser monotoner Gesang zu hören war. Fred und Angelika Neumann machten schon seit Jahren im Spessart Urlaub, doch bisher war ihnen nichts dergleichen zu Ohren gekommen. An einem warmen, sonnigen Urlaubstag wollten sie diesen Hügel erklimmen und sich umsehen. Eigentlich waren die Neumanns realistische Leute, die nicht an fantastische Geschichten glaubten. Fred und Susanne Neumann machten sich auf den Weg. Die Kirche lag einsam auf einem Hügel. Niemand ahnte wirklich, was sich dort abspielte. Die Leute in der Gegend erzählten sich die schlimmsten Geschichten. An einem besonders warmen Sommerabend gingen sie hinauf zur Kathedrale. Es dämmerte schon etwas. Im Halbdunkeln sah die Kirche furchteinflößend aus, obwohl sie auf der anderen Seite sehr schön war. Grelles Licht schien durch die eingestaubten Fenster. Aber, wie ist das möglich, zudem seit hunderten von Jahren keiner mehr dort oben war? Nur hin und wieder kam jemand, der nach dem Rechten sah. Langsam schob Fred den schweren Eisenriegel zur Seite. Es knarrte und quietschte verdächtig. Die schwere Eichentür ging von alleine auf. Susanne ging langsam hinter Fred her. In der Kirche war alles hell erleuchtet. Woher kam dieses Licht? Elektrizität gab es hier nicht. Es brannten sechs Fackeln, die

an der Wand rings um den Altar
befestigt waren.

Eine unheimliche Atmosphäre war zu
spüren. Wie angewachsen standen sie
da. Sie wollten wieder gehen, aber
irgendwas hinderte sie daran.
Plötzlich durchdrang eine grausame
Stimme den ganzen Kirchenraum. Sie
flüsterte: „Kommt doch näher, hi, hi,
hi. Ihr seid sowieso verloren. Wer
einmal seinen Fuß in diese Kirche
setzt ist für immer verloren." Starr
vor Schreck stand das Ehepaar nun da
und beide zitterten am ganzen Körper.
„Hätten wir uns nur nicht überreden
lassen, hierher zu kommen", sagte
Fred. Nun war eine zweite, noch
grausamere Stimme zu hören: „Ich bin
Satan, Herrscher der Hölle. Diese
Kathedrale ist seit mehr als 400
Jahren verflucht. Niemand durfte je
einen Fuß über diese Schwelle setzen.
Ihr habt es getan und werdet

bezahlen." Die junge Frau bekam einen solchen Schreck, dass sie tot umfiel. Ihr Herz blieb einfach für immer stehen. Fred schrie laut und verzweifelt: „Bitte steh auf, komm zurück!" Aber sie hörte ihn nicht mehr.

Ein irres Lachen war zu hören: „Ha, ha, ha, ich sagte euch doch, hier kommt keiner lebend heraus." Ralf weinte und kniete vor seiner Frau, die am Boden lag und rief: „Wer spricht da?" Satan antwortete: „Eine Nonne, die vor vielen Jahren in meinem Namen schwarze Messen abgehalten hat. Sie konnte hunderte von Menschen dazu bringen, mich anzubeten. Leider verriet sie mich, als sie zum Gottesglauben zurückging und musste dafür sterben. Weil sie nicht zur Ruhe kommen kann, spukt ihr Geist heute noch umher. Sie wurde unter dem Altar eingemauert." Fred versuchte mit ruhigen Worten zu antworten: „Wenn du der Allmächtige bist, kannst du bestimmt auch meine Frau wieder lebendig machen." „Ja, das könnte ich", antwortete er. „Wenn ich sie wieder bekommen kann, werde ich alles dafür tun. Sag mir was ich machen soll." „Ha, ha!", antwortete Satan. „Hast du dich nun der Hölle verschrieben?" „Wenn es nicht anders geht, dann werde ich es tun", sagte Fred. Es machte sich ein schwefeliger Gestank in der ganzen Kirche breit. Es erschien eine Gestalt, die den blanken Horror darstellte und noch schlimmer. Rote, blutunterlaufene Augen, das Gesicht eine einzige Fratze. Blut und Schleim tropfte aus einem Schlitz, der den Mund darstellen sollte. Die Haut hing in Fetzen herunter. Statt Füßen waren riesige Krallen zu sehen. Da wo normalerweise Hände waren, hingen ebenfalls Krallen herab. Der Teufel persönlich stand hinter ihm. „Du bist hier in die Kirche gekommen, aber du wusstest nicht, dass du sie nicht betreten darfst. Deine Frau musste sterben. Ja, du kannst es wieder rückgängig machen. Schließe dich mir an und du wirst sehen, deine Frau lebt." „Was soll ich tun?", rief Fred. „Du wirst nun ein von mir vorgesprochenes Gebet nachsprechen: Herr der Hölle, all meine Gedanken und auch mein Tun, aber vor allem mein Leben gebe ich in die Hände Satans. Ab sofort werde ich mit den verstorbenen Seelen hier in der Kirche schwarze Messen abhalten. Für immer werde ich den König der Hölle verehren, ihm gehorchen und alles Irdische hinter mir lassen." Es wurde stockdunkel. In der Mitte des Altars loderte ein riesiges Feuer und hässliche Fratzen schauten heraus. Mit einem furchtbaren Gestöhne, Geschrei und Geheul sog dieses Feuer Fred in sich auf. Man sah ihn nie mehr wieder.

Seine Frau erwachte, aber ihr Mann
war auf ewig in den Tiefen der
Abgründe verschwunden.

Die Puppe

Einen richtig tollen Urlaub erwartete
Familie Weber in diesem Sommer auf
der Insel Sylt. Heinz-Peter Weber
hatte bereits im letzten Jahr gebucht.
Die sieben Tage waren wunderschön
und ein Wiederkommen zwingend
angesagt. Tüchtig gespart hatten die
Webers, jetzt konnten sie sich eine
Ferienwohnung für 89 DM leisten. Der
Sommer 1974 war sehr heiß. Den
Ford Taunus ließ der Vater gleich auf

dem hauseigenen Parkplatz der Ferienwohnung stehen. Mit weißen Handtüchern deckte Mutter Hilde das schwarze Armaturenbrett und das Lenkrad ab. Im heißen Sommer vor zwei Jahren hatte das Armaturenbrett Risse bekommen. Heinz-Peter ärgerte sich sehr über diesen Schaden. Nun, eigentlich tut dies alles nichts zur Sache. Aber dies: Marion hatte ihre Lieblingspuppe am Strand verloren. Die ganze Familie suchte den Strand in Westerland ab. Dabei wollte Marions Bruder Marius lieber am Strand eine Sandburg bauen. Vater und Mutter einigten sich, dass es besser sei, eine neue Puppe zu kaufen, als einen so herrlichen Tag mit Suchereien zu vergeuden. Gesagt, getan. Jetzt hatte Fräulein Susi, wie Marion ihre neue Puppe nannte, allerdings blonde Haare. Fräulein Susi mit den roten Haaren wurde bei Flut mit ins Meer gezogen. Sie trieb direkt auf England zu. In Schottland, in der Nähe des „Loch of Strathbeg", wurde die Puppe an die Küste gespült. Viele Vogel-, Insekten- und Säugetier-Arten sind hier beheimatet. Recht eigenartige Geschöpfe wollen Menschen hier schon gesehen haben. Aber Fräulein Susi hatte natürlich keine Angst. Zwischen zwei Felsen wurde die Puppe eingeklemmt. Leider hatte sie ein Auge verloren. Ein Organismus nutzte diese Gelegenheit und schlüpfte in die Puppe. Es dauerte gut und gerne 25 Jahre, bis etwas Eigenartiges passierte. Fräulein Susi bewegte Arme und Beine. Der Organismus formte seinen Körper in der Puppenhülle. Irgendwann befreite sich Fräulein Susi und schwamm in die Nordsee zurück, von dort aus in den Ozean in Richtung Amerika. Dabei paddelten Arme und Beine tüchtig. Das fehlende Glasauge ersetzte der Organismus durch sein eigenes Auge.

Über zehn Jahre war Fräulein Susi unterwegs, bevor die Reise am Strand von Boston endete. Jane Cormick joggte an diesem Tag am Strand. Ihr fiel die Puppe auf dem weißen Sand auf und sie nahm sie für ihre Tochter mit nach Hause. Tochter Jennifer freute sich riesig über das Geschenk der Mutter. Jetzt war der Name der Puppe Mrs. Lovely. Jeden Morgen wunderte sich Jennifer, dass Mrs. Lovely in der Nähe des Fressnapfes ihres Hundes lag. Langsam wurde der Kunststoffkörper der Puppe spröde und riss an vielen Stellen. Eines Nachts schlüpfte der Organismus aus der Puppe. Jennifer hielt Mrs. Lovely beim Schlafen fest im Arm. Der Organismus bestand aus einer schleimigen Masse. Über Jennifers Mund kroch er in ihren Körper. Zwei weitere Jahre vergingen. Jennifers Körper veränderte sich in dieser Zeit. Das nun neunjährige Mädchen war die

Beste im Schwimmunterricht. Ihre Wirbelsäule wurde immer elastischer. Die Ärzte verstanden diese ganzen Symptome nicht. Jennifer konnte über zwei Liter Flüssigkeit am Stück trinken und musste keine Luft dabei holen. Ihre Bewegungen an Land wurden schlangenartig, im Wasser fühlte sich das Mädchen sehr wohl. So oft es ging, saß Jennifer am Strand und beobachtete die untergehende Sonne. Ihren Eltern lief immer ein kalter Schauer über den Rücken, wenn Jennifer davon sprach, dass sie irgendwann einmal für immer im Meer leben würde. „Bald werde ich euch verlassen müssen. Ich liebe euch. Aber das Meer ruft mich. Bitte versteht mich." Monate vergingen. Es war ein herrlicher Tag am Strand in der Nähe Bostons. Alle lachten und waren fröhlich. Plötzlich stand Jennifer auf. Sie sah auf das Meer, ging langsam darauf zu und drehte sich

noch einmal zu ihrer Familie um, um
ihnen ein Küsschen zuzuwerfen. Dann
tauchte sie ins Meer ein. Noch ehe
Jennifers Familie alles realisieren
konnte, verschwand die Tochter in
den Weiten des Meeres. Eine sofort
eingeleitete Suchaktion der
Wasserschutzpolizei brachte keinen
Erfolg, Jennifer blieb verschollen.
Eines Tages erhielten die Eltern von
Jennifer eine Mail aus Schottland:
„Hallo, wir haben gestern einen
menschenähnlichen Körper am Strand
gesichtet. Das Gesicht sah wie das
Ihrer vermissten Tochter aus. Glauben
Sie uns, wir haben nicht geträumt.
Statt Armen und Beinen hatte es
Flossen am Körper. Das Wesen
schaute uns an und verschwand
wieder im Meer."

Ein Geist auf Wanderschaft

Als wir in das Haus einzogen, wussten wir noch nicht, was uns erwartet. Es ist ein vierzig Jahre altes Reihenhaus, nichts Besonderes, aber es ist für uns erschwinglich. Von außen macht es nicht viel her, darum wollten wir es uns von innen umso schöner machen. Die ältere Dame lernten wir noch kennen. Sie bewohnte dieses Haus von Anfang an, war immer selbstständig und hatte stets einen Hund um sich herum. Ihre Hunde waren immer ganz besonders lieb. Ob aus dem Tierheim oder vom Züchter, ganz ohne Hundeschule und Training, übertrugen sich die guten Eigenschaften der älteren Dame, auf ihre Hunde. Ja mehr noch, sie zog alle Tiere in ihren Bann. Bei der Verabschiedung sagten wir ihr noch, dass wir ebenfalls einen Hund als Wegbegleiter haben möchten. Einen

Mops, genauso wie sie ihn hat. In das Seniorenheim, in das die ältere Dame einzog, durfte sie ihren Mops mitnehmen. Jeden Abend schliefen sie gemeinsam in einem Bett ein. Der Mops machte es sich am Fußende gemütlich. Gern verließ die ältere Dame ihr Haus nicht, aber das Alter und die Krankheit zwangen sie dazu. Wir richteten es uns mit den übernommenen Möbeln und unseren mitgebrachten Dingen recht hübsch auf den drei Etagen ein. Auf allen Etagen schafften wir auch Schlafgelegenheiten für unsere Enkel. Nun ja, es sind auch Ausweichquartiere, falls ich einmal wieder etwas lauter schlafe oder meine Frau durch die Wärme im Sommer nicht einschlafen kann. „Bist du in der Nacht im Souterrain gewesen, das Licht brannte heute Morgen noch?", fragte ich meine Frau. „Nein, allein trau ich mich sowieso noch nicht nach unten", antwortete meine Frau. Nun ja, ich dachte nicht weiter darüber nach. Natürlich wusste ich, dass meine Frau die letzten Worte der älteren Dame im Kopf hatte. „Hier im Souterrain schlafe ich immer gern mit meinem Mops im Sommer, da ist es schön kühl. Ach, eigentlich will ich gar nicht weg hier." Heute holten wir unseren neuen Mitbewohner ab. Eine fünf Monate junge Mopshündin. Ein frischer Wind wehte nun in unserem Haus. Gerade, wenn die Enkel wieder abfuhren, ersetzte Lilly Mops die Lebendigkeit, die die Enkel ausströmten. Nur mit der Reinlichkeit von Lilly hatten wir unsere Probleme. Überall fanden wir Trittbomben, so nannte meine Frau die kleinen Hinterlassenschaften. Nun, wir waren eben Anfänger, nicht so erfahren wie die ältere Dame. In den nächsten Tagen passierten eigenartige Dinge in unserem Haus. Wir schliefen wieder im oberen Schlafzimmer, als wir Geräusche aus dem Souterrain hörten. Das Licht war erneut eingeschaltet, die Tür geöffnet. Tage später schliefen wir in der mittleren Etage, nachdem Lilly Mops sich auf der Schlafzimmermatratze verewigt hatte und diese tüchtig gereinigt werden musste. Um 23:30 Uhr ertönte aus der oberen Etage das Stofftier von Lilly Mops. Nicht nur einmal, sondern öfter hintereinander. Der Spuk endete um Mitternacht. Das Geräusch ließ sich übrigens nur entlocken, wenn man auf das Stofftier biss oder darauf trat. Wir waren zugegebenermaßen schon beide ängstlich und erschrocken darüber. Es ging jedoch weiter. Wir erinnerten uns, dass wir bei unserem ersten Kennenlernen mit der älteren Dame beim Frühstück eine Musik gehört hatten.

„Das sind meine Lieblingslieder, die CD hat mir meine Enkelin zusammengestellt. Jetzt spielt sie im Küchenradio jeden Morgen", sagte unsere Gastgeberin damals. Wir verbrachten einen ganzen Tag mit ihr. Alles im Haus erklärte sie uns. Gegen 8 Uhr am Abend unterschrieben wir in ihrem Büro in der obersten Etage den Vertrag. Jetzt kämpften wir gegen die Tretbomben an, dachten nicht mehr an das Gewesene. Und doch wurden wir immer wieder aufgeschreckt. Eines Morgens, wir kamen gerade aus dem Bad, ertönte aus der Küche diese Musik der älteren Dame. Wir standen wie versteinert auf der Treppe. Den ganzen Tag spekulierten wir darüber, denn das Gerät musste mit dem Startknopf zum Laufen gebracht werden. Aber wir waren es beide nicht. Gegen Abend saßen wir im Büro, planten den nächsten Tag, sprachen noch über die kuriosen

Ereignisse. Lilly Mops schlief schon in ihrem Körbchen, da lachte es ganz laut im Zimmer. Es war ein Lachsack, zweifellos, aber wo kam das Geräusch her? Wer löste es aus? Wir erschraken fürchterlich. Tagelang durchsuchten wir das Zimmer. Das Katzenkuscheltier konnte es nicht sein, es miaute. Das Pferd-Kuscheltier wieherte. Der Vogel zwitscherte. Nein, es war kein Lachsack zu finden.

Irgendwann, meine Frau gab einfach nicht auf, entdeckte sie ein zweites Geräuschmodul im Pferd. Es war der Lachsack. Aber wir drei hatten ihn nicht ausgelöst. Nun waren wir davon überzeugt, dass die alte Dame anwesend war, natürlich nur ihr Geist. Wir erfuhren, dass sie vergesslich wurde, immer mehr in der Vergangenheit lebte. Und wir lebten in der Zukunft, kämpften gegen die Häufchen im ganzen Haus.

Eigenartiger Weise erledigte Lilly Mops nur die kleinen Geschäfte im Garten. Eines Tages kam meine Frau kreidebleich ins Schlafzimmer, es war fünf Uhr in der Frühe. Sie weckte mich und sagte: „Ich bin mit Lilly Mops in den Garten gegangen. Lilly hat all ihre Geschäfte dort erledigt. Sie konnte gar nicht schnell genug nach draußen kommen. Ich freute mich sehr. Als ich auf der Terrasse war, begann plötzlich der Schaukelstuhl ganz kräftig zu schaukeln. Lilly Mops und ich rannten schnell ins Haus. War es wohl die ältere Dame?" Wir wissen es nicht, wir können es nur vermuten. Aber eines steht fest, Lilly Mops war nun sauber, sie wusste jetzt, wo sie ihre Geschäfte erledigen musste. Sie lief bis zum Ende des Gartens, nahe dem Komposthaufen, und verrichtete dort jeden Tag ihre Bedürfnisse. Der Spuk nahm übrigens ein Ende. Meine Frau und ich sind der Meinung, die

ältere Dame erzog in ihrer lieben Art,
noch einmal einen Hund.

Hier wirst du nicht alt

Lange waren die Delgados auf der
Suche nach einem Haus am Rande der
Stadt New York. Robert Delgado war
Alleinverdiener. Seine Frau Liv konnte
mit dem Einkommen gut umgehen,
den Kindern Robert jr. und Donna
fehlte es auch an nichts. Nun, das
Ersparte reichte zwar nicht für die
Innenstadt, aber etwas Außerhalb war
für alle okay. Robert Delgado arbeitete
am Flughafen in New York. Das neue
Zuhause sollte nicht allzu weit

entfernt liegen, Robert war ein Familienvater durch und durch. Außerdem waren die Winter manchmal sehr hart, einige Male musste Robert schon in einem Hotel übernachten, wenn der Schneesturm tobte. Heute fuhren sie von New York in den Norden, Richtung Boston.

„Hier, Dad, ein Haus mit einem riesigen Spielplatz in der Nähe!", rief Donna und kurbelte die Scheibe des alten Fords herunter, um den Menschen zuzuwinken. Robert sah den Verkaufspreis und lenkte die Kinder mit den Worten ab, dass er doch lieber ein Grundstück mit Bäumen hätte, damit die Kinder im Sommer dort übernachten könnten. „Gute Idee, Dad!", rief Robert jr. und Liv kniff lächelnd ein Auge zu. In der nächsten Stadt sah Donna eine Schule und sehr gute Einkaufsmöglichkeiten, schließlich hatten sie nur dieses eine Fahrzeug. Tatsächlich lag am Rande

der kleinen Stadt ein etwas
verstecktes Haus. „Der Preis ist gut,
auch der lange Vorgarten, damit die
Kinder nicht zu schnell an der Straße
sind", sagte Robert zu Donna, „lass es
uns anschauen." Das Preisschild sah
ordentlich mitgenommen aus, nun,
nicht nur das Preisschild, aber die
Delgados setzten auf ihre
Eigeninitiative. Handwerklich waren
sie ein eingespieltes Team, obwohl die
Kinder das ständige Suchen nach
Hammer und Nägeln nervte. Die
Hausbesichtigung schrie auch
förmlich nach vielen Nägeln. Aber
soweit schien alles okay zu sein. In der
Nachbarstadt besuchten sie noch
gleich den Makler, auch ein Motel war
schnell gefunden. „Ich habe ein gutes
Gefühl, vielleicht lässt sich noch etwas
verhandeln", meinte Robert. John
Smith hieß der Makler. „John Smith!",
sagte Liv, „Fast wie in einem
schlechten Gruselfilm, John Smith

heißen sie alle!" Aber es stellte sich heraus, dass John Smith den Delgados sehr entgegen kam, den Kindern sogar Spielzeug für den Garten schenkte. Auch ein uralter Plüschbär war dabei. „Den nehme ich!", sagte Mutter Liv, „der kommt zu meiner Bärensammlung!" Sie kamen sich näher, ein paar Verhandlungen hier, eine Lieferung Dachpappe kostenlos dort. Mr. Smith versprach, dass in drei Tagen der Strom angeschlossen würde. „Na, Kinder, das ist nun unser neues Zuhause", sagte ihr Dad.

Zurück zum Haus rief Robert gleich in der Flughafenzentrale an, um seinen Resturlaub zu nehmen. „Kein Kontakt! Dass es so etwas in der heutigen Zeit noch gibt!", brummelte er. Im Kaufhaus kauften sie alles Nötige für die Übernachtungen im neuen Haus, auch das Handy funktionierte hier. Im Haus wurden gleich die Zimmer eingeteilt, riesige weiße Laken lagen auf den Möbeln, zwar tüchtig eingestaubt, aber was hervorkam war eine Augenweide. „Allein die Möbel sind das Geld wert, sieht nach 1880 aus, da gab es noch Cowboys!", staunte Robert. „Au ja, komm' Schwester, wir spielen im Garten Cowboy und Indianer!", rief Robert jr. Der Abend begann mit einem Glas Wein aus Kalifornien, die Kinder schliefen schon. „Herrlich dieser Ausblick", sagte Liv und schmiegte sich in Roberts Arm. „Ja, und in zwei Tagen haben wir Strom, dann lebt das Haus", flüsterte Robert. An den beiden nächsten Tagen wurde ordentlich Hand angelegt. „Die Bank hat den Kauf abgewickelt", sagte Robert zu Liv. „Mr. Smith wird sich freuen, morgen fahre ich zu ihm!" Das Licht ging plötzlich an, Strom und Gas waren angeschlossen. Wie Robert schon sagte, das Haus lebte nun, aber etwas anders, als er es wohl dachte. Den Abend verbrachten die Eheleute wieder auf der Veranda. „Gibt es noch Wein, Darling?", fragte Robert. Liv stand auf und wollte in die Küche. Sie streckte die Hand zur Verandatür aus, als sie plötzlich mit einem lauten Knarren durch die Verandabretter auf den Sandboden fiel. Ein scharfer großer Holzsplitter durchbohrte ihren Oberschenkel. Robert zückte blitzschnell das Handy, Liv schrie, die Kinder wurden wach ... kein Kontakt! Robert trug seine Frau ins Auto, sie lag auf den Hintersitzen, die Kinder quetschten sich in den Kofferraum des alten Kombis. Nach zwei Stunden Fahrt, kamen sie am Krankenhaus an. Liv wurde sofort verarztet. „Es sieht nach einer Blutvergiftung aus!", so die Diagnose von Dr. Kentrell. Liv war ohne Besinnung.

In guter Hoffnung fuhren Robert und die Kinder nach fünf Stunden wieder zurück. „Legt euch schlafen", sagte der übermüdete Robert zu den Kindern, „morgen, in der Frühe, fahren wir wieder zur Mum." Im Schlafzimmer bemerkte Robert Blutflecken, dem Plüschbären fehlte ein Bein. Robert war aber zu aufgeregt und zugleich zu müde, um der Sache nachzugehen. Am nächsten Morgen wachte Robert früh auf, sah auf den Bären, dessen Augen auf dem Boden lagen. Robert schenkte dem wenig Beachtung. „Kinder, aufstehen, wir fahren zu Mum!", rief er und bereitete Frühstücksbrote. Plötzlich schrie Donna laut auf. „Meine Augen, Dad! Hilfe, ich sehe nichts mehr!" Robert stürzte ins Bad, Donna hatte blutrot geschwollene Augen. Das kochend heiße Wasser spritzte ihr ins Gesicht, direkt in die Augen. Sofort machten sich alle auf den Weg ins

Krankenhaus. Leider war Liv immer noch ohne Bewusstsein. Donna wurde sofort behandelt. „Ich kann Ihnen nicht sagen, ob ich das Augenlicht Ihrer Tochter retten kann, Mr. Delgado", sprach der behandelnde Arzt. Der Tag verging, es gab keine positiven Ergebnisse.

Vater und Sohn kehrten zurück zum Haus. Beide wollten sich nach diesen schlimmen Ereignissen etwas ausruhen. „Es ist sehr heiß heute, Sohn, öffne bitte in der oberen Etage alle Fenster, ich bringe uns etwas zu Essen mit rauf", sagte Vater Robert. Im Elternschlafzimmer öffnete Robert auch das Fenster. Als er zum Plüschbären sah, bemerkte er, dass dieser nun den Kopf verloren hatte. „Sohn!", schrie Robert, „komm schnell zu mir!" Robert hatte eine Vermutung. „Ja, Dad, ich muss nur noch das Fenster im Flur öffnen, hier ist es sehr heiß!" „Nein, komm sofort!", befahl der Vater. Robert jr. lief los. In diesem Augenblick fiel die große Scheibe aus dem Rahmen und verfehlte den Jungen nur um Zentimeter. Beide fielen sich auf der Treppe in die Arme. „Ich glaube zwar nicht an Spuk, aber etwas will uns der Plüschbär wohl sagen.", sagte Robert zum Sohn. Im Schlafzimmer sahen beide, dass der Bär ganz schwarz verkohlt war. Instinktiv griff Robert seinen Sohn und verließ das Haus. Minuten später stand es in hellen Flammen. Die Feuerwehr konnte nichts mehr retten. Geschockt fuhren Vater und Sohn zu Makler Smith „Warte bitte im Auto.", sagte Robert zu seinem Sohn. Als Robert Delgado das Haus des Maklers betrat, sah er ihn leblos am Treppengeländer an einem Stromkabel hängen. John Smith war seit zwei Tagen tot. Auf einem

Abschiedsbrief stand „Für Familie Delgado".

Mit zittrigen Händen las Robert: „Ich bitte um Verzeihung, auf dem Haus liegt ein Fluch. Ich dachte, mit Ihrem Einzug wäre alles vorbei, aber dem ist nicht so. Mein Vater quälte in diesem Haus mehrere Menschen. Er baute einen elektrischen Stuhl und ergötze sich an dem Geruch von verbranntem Menschenfleisch. Als er bereits auf dem Sterbebett lag, musste ich als Zwölfjähriger den Starkstromschalter einschalten. Er zwang mich dazu. Danach wurde alles stillgelegt im Haus, die Stromkabel gekappt. Aber das Haus hat wohl nichts vergessen, nach dem Neuanschluss vor ein paar Tagen. Ich bitte um Entschuldigung. Ihr William Palmer."

Roswell war gestern

Der Gehirnforscher Dr. Berthold
Brüggner arbeitete nun bereits seit
über fünfunddreißig Jahren an der
Verwirklichung seiner These, dass
alles, wirklich alles in unseren
Gehirnen gespeichert ist. Was meinte
er mit „alles"? Alles was vor und nach
dem Urknall, dem Big Bang, passiert
ist, woher wir kommen und wohin wir
gehen, wer wir waren, wer wir sind
und wer wir sein werden. Er
entwickelte Maschinen, an die er seine
Probanden anschloss. Er gab
Vorlesungen. Er wurde extrem von
seiner Regierung

gefördert, denn diese Weltformel
bedeutete Macht und Einfluss. Doch
Dr. Brüggner wollte insgeheim auch
allen Menschen diese Tür zu ihrem
höheren ich zugänglich machen. Aber
zunächst einmal war er froh, dass er
so grenzenlos unterstützt wurde. Und

so entstanden langsam ein offizieller und ein ganz geheimer Dr. Brüggner. Die Probanden hatten mit den Untersuchungen keine Probleme, denn ihnen wurde sozusagen nur ein Traum eingegeben, in dem sie in ihrem Leben immer weiter zeitlich zurückgingen, bis zur Geburt. Das reichte Dr. Brüggner natürlich bei weitem nicht, denn da waren ja noch die über 13 Milliarden Jahre bis zum Urknall. Und was war davor? Probanden fanden sich genug, jeder wollte dabei sein, wenn die Weltformel gefunden werden würde. Was wusste man bis dahin? Nun, dass Menschen etwa knapp 90 Milliarden Nervenzellen, also Neuronen, haben. Diese sind mit etwa 100 Billionen Synapsen miteinander verbunden. Grob gesagt kommuniziert also 1 Neuron mit 1000 seiner Kollegen. Dr. Brüggner wollte nun die Informationen, die in diesen

Nervenzellen vorhanden sind, herauskitzeln. Natürlich wollte keiner der Probanden ein Loch in seinem Kopf akzeptieren. Somit veröffentlichte Dr. Brüggner der Öffentlichkeit und den Geldgebern etwas mehr an Informationen. Niemand bemerkte, dass unter seinem Toupet Anschlüsse zu seinem Gehirn waren. Die bohrte er sich selbst. So konnte er die Neuronen in ihrer rosa Farbe erkennen und auf alle Funktionen und Verbindungen zugreifen. Er wusste also bei weitem mehr, als er zugab. Bei seinen weiteren Experimenten stellte er fest, dass die Neuronen immer wieder bestimmte Signale ausgesendet haben, die zwar von den Synapsen weitergeleitet wurden, aber andere Neuronen blockierten einfach diese Informationen. Dr. Brüggner taufte diese Schwingungssignale die „Brüggner-Signale". Er ahnte, dass sie entweder zum Schutz des Gehirns dienten oder einfach nur abgestumpft waren. Schließlich nutzen wir nie die große Kapazität unserer Gehirne. Ein Computer arbeitete viel effizienter. Immer wieder schloss sich Dr. Brüggner an seinen Supercomputer an. Er saß

dabei in seinem Behandlungsstuhl und konnte mit den Joysticks in seinem Gehirn arbeiten. Verschiedene Substanzen träufelte er sich ein, sie sollten Nervenzellen täuschen, um so die Brüggner-Signale durchzulassen. Die Farbe der Neuronen veränderte sich dabei in ein kräftiges Rot. Auf dem Computerbildschirm konnte Dr. Brüggner sein eigenes Leben bis zur Geburt sehen und aufzeichnen. Je mehr er diese Flüssigkeit einträufelte, umso mehr sah der Doktor etwas auf dem Bildschirm, was er nicht verstand. Jetzt erarbeitete sein Freund

und Computerspezialist eine neue
Software. Die Regierung war schon
sehr zufrieden und die Öffentlichkeit
staunte, dass nun mittlerweile alle
Probanden eine Dokumentation bis zu
ihrer Geburt erhielten – und das auf
DVD. Der Tag kam, an dem Dr.
Brüggner mehr wagte. Er stimulierte
die Nervenzellen mit elektrischem
Strom, leitete Informationen in den
Synapsen um und träufelte sich eine
stärkere Dosis seiner Substanz ein.
Dr. Brüggner war allein. Gespannt
schaute er auf seinen Monitor. Der
kleinere Monitor zeigte seine
mittlerweile tiefroten Neuronen. Auf
dem großen Monitor sah er sein
Leben. Plötzlich wurden die von ihm
entdeckten Brüggner-Signale zu
anderen Neuronen durchgelassen.
Seine Herzfrequenz stieg stark, der
Blutdruck erhöhte sich drastisch, das
Gehirn brauchte mehr Energie,
wesentlich mehr Energie. Auf dem

Bildschirm sah Brüggner seine Geburt, seine Entstehung, Freude hatten seine Eltern dabei. Er sah sich selbst als Energie, er sah das Universum kleiner werden, er sah, dass es zu einem Punkt zusammenschrumpfte, es lief alles zurück bis an den Anfang von allem. Jetzt gleich sehe ich, woher wir kommen, was vor dem Urknall war! Der Blutdruck stieg und stieg. Das Herz pumpte und pumpte. Die Neuronen wurden schwarz-rot. Es war kaum auszuhalten. Jetzt, jetzt gleich, das Universum ist nur noch stecknadelgroß ... Dr. Brüggners Kopf und Körper zerplatzten. Überall war Blut. Überall waren Körperteile. Es hatte eben doch seine Richtigkeit, wenn einige Bereiche in unserem Gehirn nicht freigelegt wurden, wir verkraften diese Datenflut einfach nicht. Wir sollten im Hier und Jetzt leben und unser Dasein genießen,

alles andere wird morgen kommen.
Die Regierung hielt

die DVD unter Verschluss und
schwieg. Na, das kennen wir ja schon
von Roswell.

Aus dem Buch „Science Fiction & Co.“:

Die Erfindung des Körper-
Transporters

Mittlerweile sind sie in jedem
Haushalt, in jeder Arztpraxis, ach,

einfach überall eingebaut ... die Warm-Körper-Transporter-Module, WKTM 100! Heute ist es kein Problem, in Sekunden über 10, 100 oder sogar 40.000 Kilometer zu einem Freund zu gelangen. Technisch sind wir heute auf dem Höchststand, der Krebs ist zwar besiegt, aber ein Spenderherz wird immer noch benötigt. Nur, es geht heute alles viel schneller. In Berlin benötigt ein Mensch ein Herz, in New York steht das gesuchte zu Verfügung. Mit Hilfe des WKTM 100 ist der Patient in Sekunden vor Ort. Ja, man muss sagen, vor vielen Hundert Jahren wurde das Telefon entwickelt. Das waren zwei Apparate, mit denen man sprechen und hören konnte, auch dies funktionierte einmal um die Erde, also 40.000 Kilometer. Dann ging es weiter mit dem sogenannten Internet bis zum heutigen Körper-Transporter. WKTM 100 ist die letzte

Entwicklungsstufe, die 100 soll auf die 100 Jährige Entwicklung hindeuten.

Wie alles begann: Ich bin Journalist, mein Name ist Ben Carter. Auch wenn wir uns alle gern mit dem WKTM 100 überall und sofort hin transportieren können, eine Zeitschrift gibt es immer noch. Und hin und wieder braucht jeder seine Ruhe. Heute besuche ich Lou Eisenberger, er war Entwicklungsingenieur bei GP BODY SPEED MAX. Sein Vater war der Entwickler des weltersten Kalt-Körper-Transport-Kondensators KKTK 01 A. So viel wie möglich möchte ich darüber erfahren, denn nach dem letzten Totalausfall des Internets, durch den Asteroid Protonom 26 A, sind viele Speicher völlig leer. Heute hat man daraus gelernt, auf dem Mars und auf dem Mond sind Speicher, auf die jederzeit zugegriffen werden kann. Natürlich befinden sich dort auch Abwehrsysteme gegen Asteroiden. „Dr. Clint Eisenberger, mein Vater, hatte die Idee, Dinge innerhalb der Firma blitzschnell von Ort A nach Ort B zu bringen. Seine Laborassistentin Ruth war einfach nicht schnell genug", so begann Ben Carter seine Erzählung. „Seine Überlegung ging dorthin, dass er sich zwei parallele elektrische Platten vorstellte, zwischen denen, wie bei einem Kondensator, ein elektrisches Feld entsteht. Die gespeicherte oder dorthin gebrachte Energie müsste ausreichen, um einen Gegenstand wieder in die Ausgangsform zu verdichten. Mit viel Überlegung, sehr viel Geld und noch mehr Zeit entwickelte er mit seinem Team den ersten Kaltkörper-Kondensator. Anfänglich mussten sie mit Problemen rechnen, dass war ihnen bewusst. Der Tag des ersten Experiments vor den Firmen-Bossen stand an. In den Start-Kondensator stellte Carter eine leere Kaffeetasse, diese begleitete ihn seit seiner Studienzeit, ein Zeichen seines Vertrauens zu der Maschine. Nun gingen alle in den Nachbarraum, überzeugten sich, dass zwischen den Kondensatorplatten nichts steht, etwa ein Duplikat der Tasse. Die Maschine wurde eingestellt, die Spannung hochgefahren, ein Kribbeln war bei allen zu spüren, immerhin erreichte die Maschine Gigawatt; oder waren es noch mehr? Nun, ich weiß es nicht mehr!", sagte Lou Eisenberger. „War es ein Erfolg?", fragte ich ungeduldig. Eisenberger fuhr fort: „Ja, in der Tat! Die Kondensatorplatten mit der gewaltigen Energie zerlegte die Tasse! Ein Computer speicherte die Struktur des Objektes, also der Tasse, und leitete die Informationen an den Ziel-Kondensator. Dort baute sich die elektrische Energie auf, die

Informationen verdichteten sich dort wieder zu einer Tasse!" „Gut so, Eisenberger! Und nun das Ganze mit einem frischen heißen Kaffee!", sagte der Chef der Firma. „So weit sind wir noch nicht, wir können nur feste Stoffe transportieren, keine flüssigen und schon gar keine lebenden!", entgegnete Eisenberger. „Die Zeit verging für meinen Vater viel zu schnell. Einen 48-Stunden-Tag hätte er gern. Aber es kam der Tag, da er den Durchbruch schaffte. Er wandelte das Wasser, in diesem Fall den Kaffee, in einen festen Gegenstand um. Die Computer konnten damals nur den augenblicklichen Zustand erfassen, also fror mein Vater den Kaffee ein. Es klappte, alle waren begeistert und erstaunt darüber, dass im Zielkondensator der Kaffee sehr heiß gewesen ist. Das lag natürlich an der hohen Energie. Die Tasse selbst und andere Gegenstände waren ja auch

wie aus dem Backofen. Die Angst
einen lebenden Körper zu
transportieren war natürlich
begründet. Die Computerleistung lies
ja nur den augenblicklichen Zustand
zu, was ist, wenn sich das Tier oder
der Mensch bewegt? Dann fehlen
nachher Körperteile und Mensch oder
Tier sind tot. Lange dauerte es wieder,
bis die Computer mehr geleistet
haben. Tierversuche waren tabu, der
erste freiwillige Proband starb an den
Folgen des Einfrierens und des wieder
Auftauens. Das Einfrieren war nicht
das Problem, das gab es bereits und
wurde mit Erfolg praktiziert. Das
Problem war die Hitze der Transport-
Energie. Der Körper kam komplett im
Ziel-Kondensator an, aber der
Kühlanzug half nicht. Nun, ich möchte
den Anblick hier nicht weiter
ausführen. Mein Vater zerbrach an
diesem Anblick. Ja, das waren die
Anfänge der Körper-Transporter."

„Wie wurde der Durchbruch geschaffen?", fragte ich. „Ich kam nach dem Studium in die Firma, wollte Vaters Traum fortsetzen, er war mittlerweile verstorben. Die Computer waren so leistungsstark, dass alles erdenkliche damit gemacht werden konnte. Auch das Denken, sogar ohne Gehirn, von Verstorbenen wurde erst konserviert, später zum Leben, zumindest zum Denken, gebracht. Meine Idee war es nun, keine zwei Platten, wie ein Kondensator, sondern eine Box zu konstruieren, die dreidimensionale Körper darstellen kann. Diese wird dann mit dem Denken des zu transportierenden Menschen bestückt. Der Mensch wird dann nicht gebacken, sondern seine Körpertemperatur bleibt erhalten. Es handelt sich dabei aber nur um ein Duplikat des Menschen, aber mit seinem Denken. Ich selbst war die erste Testperson. Soweit verlief alles Ordnungsgemäß, lediglich fehlten mir im Ersatzkörper die Gefühle jeglicher Art. Der nächste Schritt waren Boxen, in denen der augenblickliche Zustand gescannt wurde und die sofortige Übermittelung jedes Atoms in die Zielbox stattfand. Das war der Durchbruch. Mit einem Lähmungsgas fiel man liegend in eine Starre. In die Zielbox wurde sofort ein Aufwachgas gesprüht, das war es. Wieder war ich der erste Kandidat dafür. Und? Was würden Sie sagen, ich bin doch noch ganz fit, oder?", flachste Eisenberger und lachte laut. „Ja, in der Tat! Was sind die nächsten Ziele in dieser Richtung?", fragte ich. „Mein Sohn arbeitet nun an der Transportation ohne Kabel- und Glasfaserleitungen, sondern durch Lichtwellen. So könnten wir jeden Ort im Weltraum erreichen, wo sich künftig ein Ziel-Modul befindet!", sagte Eisenberger zu mir. „Das sind ja herrliche Aussichten für die Menschheit. Und Gelder werden gut angelegt, wozu braucht man auch Panzer und die Rüstung!", mit diesem Satz beendete ich das Interview. Nun geht es in die Redaktion, ich werde wohl das Fahrrad nehmen!

Aus dem Buch „Schicksal & Co.":

Vorahnung

Jack Brady sprang. Etwas mulmig wird ihm wohl gewesen sein. Er weiß es nicht mehr. Jetzt sprang er 100 Meter in die Tiefe. Bei den ersten Metern dachte er daran, ob auch die Gurte und Karabinerhaken genug gesichert sind. „Hoffentlich reißt das Seil nicht.", dachte er. Bungeespringen bringt auch Risiken mit sich. Jack wurde etwas flau im Magen. Als er sich im freien Fall befand, sah er ein Kind vor Augen. „Wie war das möglich?", fragte er sich Jack und erkannte sich selbst. In einem hellen Licht erkannte er sein Gesicht nach der Geburt. Seine Eltern waren sehr liebevoll zu ihm. Vater Frank schraubte den Stuhl, an dem der kleine Jack hochklettern wollte, auf dem guten Parkett fest. Damit wollte er erreichen, dass der Kleine nicht kippte. Mutter Jane schimpfte, freute sich aber gleichzeitig über die Fürsorge von Frank. Mit Freund Carl stieg Jack oft durch ein kleines Loch in den Nachbargarten. Jede Menge Äpfel gab es dort kostenlos. Jedoch Nachbar

Peters ärgerte sich immer, wenn die Lausbuben kamen und Äpfel klauten. In der Schule machte sich Jack sehr gut und seine Leistungen waren einmalig. Bis zum Studium lief es reibungslos. Hier lernte er auch Cindy kennen und lieben. Cindy war etwas älter als Jack.

Nach der Ausbildung wünschten sich beide zwei Kinder. Sie studierte Sprachen und bekam einen Job an der Stadtzeitung. Auch über Sport berichtete sie. Sie wusste auch, dass Bungeespringen eine gefährliche Sportart war. Aber es war nun mal Jacks Wunsch, einmal im freien Fall den Erdboden zu erreichen.

Zwei süße Mädchen wurden geboren und sahen Cindy sehr ähnlich. Die Ohren haben sie aber von mir meinte Jack immer lachend. Sie unternahmen sehr viel gemeinsam mit den Kindern. Die Dinge rauschten an Jack vorbei und das Licht wurde immer heller und greller. „Was passiert hier nur?", dachte er. Das war sein letzter Gedanke, bevor er in den Tod stürzte.

Plötzlich ein Schrei! Cindy schüttelte ihn wach und schrie: „Jack, wache endlich auf, es war ein Traum." Heute sollte das Freizeitparadies mit Pam und den Kindern besucht werden. Jack hatte für 14 Uhr den Bungeesprung gebucht. Nassgeschwitzt und kreidebleich ging Jack zur Toilette. Die Familie fuhr daraufhin zum Park. „Sie sind der Nächste", sagte das Personal. „Nein", sagte Jack, „ich kneife. Ich träumte, dass der Karabinerhaken brach und ich abstürzte. Ich habe Angst um meine Familie und um mein Leben."

Der erfahrene Mann am Bungee-Seil lachte und zeigte Jack die gute Ausrüstung. „Fünf sind vor ihnen gesprungen. Das Geld kann ich ihnen leider nicht erstatten. Schauen sie, hier sind die Karabinerhaken."

Als er den dritten Haken in die Hand nahm, brach das Gelenk in zwei Teile.

Aus dem Buch „Krimi & Co.":

Mord in London

Einsam lief sie durch die Straßen von London. Jane war eine aufgeschlossene, junge Frau, die für ihr Alter von 25 Jahren schon einiges hinter sich gebracht hatte. Sie studierte Physik und war auf dem Weg zu ihrer kleinen Kellerwohnung im Herzen der Londoner East-Ends. Einst wurde diese Straße gebaut, um die große Anzahl von Seidenwebern unterbringen zu können. Heute ist diese Straße das Zentrum der wachsenden Industrie. Jane McNeal lief langsam. Die Straße zu ihrer Wohnung war schlecht beleuchtet und das alte Pflaster lud zum Stolpern ein. Plötzlich hörte sie hinter sich Schritte. Erst gemächlich, dann immer kraftvoller und schneller. Jane bekam Angst. Sie drehte sich um, aber nichts war zu sehen. Sie ging weiter, aber die Angst saß ihr im Nacken. Plötzlich ein dumpfer Schlag, ein leises Aufstöhnen und Jane lag in ihrer Blutlache. Durch diesen Schlag auf den Schädel war sie sofort tot. Die Schritte des Täters verhallten in der Dunkelheit und er verschwand ungesehen.

Inspektor Dennis Hopkins war gerade dabei seinen morgendlichen, starken Kaffee in seinem Büro zu trinken, als ihm die Meldung vom Mord des jungen Mädchens auf den Schreibtisch flatterte. Sein Assistent Jim Laurel und er machten sich auf den Weg zum Tatort. Hopkins hatte kaum geschlafen. Probleme mit seiner Frau raubten ihm den letzten Nerv. Nach so vielen Jahren Ehe nicht verwunderlich, denn seine Frau ist älter als er und hat kein Verständnis, wenn er ständig nur im Büro sitzt und irgendwelche Fälle durchkaut, die nicht gelöst wurden. Jane McNeal lag in ihrem Blut, eine junge Frau, die voller Tatendrang und Lebensmut war. Heimtückisch von hinten erschlagen. Hopkins war entsetzt, er hatte schon viel im Laufe seiner Zeit als Inspektor gesehen, aber da blieb ihm die Luft weg. Er musste wegschauen, denn es war mehr als grausam. Der Schädel des Mädchens war total zertrümmert, sodass die Gehirnmasse austrat. „Bitte sichern sie den Tatort und suchen sie nach Hinweisen, die eventuell auf den Täter schließen könnten.", sagte Dennis Hopkins. Der Inspektor war schneeweiß im Gesicht als er in seinen fünfzehn Jahre alten Mini Cooper einstieg. Er hing an dem Auto und wollte ihn solange fahren, bis er letztlich komplett auseinander fallen würde. Er konnte einfach nicht glauben, was er gerade gesehen hatte. Ausgerechnet Hopkins lebte mit seiner Frau in der Fournier Street in London, wo Jack the Ripper im 19. Jahrhundert sein Unwesen getrieben haben soll. Eigenartig war es schon. Die ganze Nacht hindurch grübelte er über diesen Fall nach. Am folgenden Morgen im Büro beauftragte er Jim Laurel herauszubekommen, wo das Mädchen wohnte, was es machte und wer mit ihr Kontakt hatte. Die Obduktion der Leiche ergab, dass der Täter brutal vorgegangen war. Hinterrücks erschlug er sie mit einer Eisenstange. Demnach zu urteilen, wie der Schädel aufgeplatzt war, muss es ein Gegenstand aus Eisen gewesen sein. Hopkins war fassungslos. So ein brutales Vorgehen ist ihm in seiner ganzen Laufbahn als Kriminaloberinspektor noch nicht untergekommen. Wer war der Täter? Wie sah er aus? Wo war er zu finden? So schnell wie möglich musste dieses Monster gefasst werden.

Vorsichtig klopfte Jim Laurel um die Mittagszeit an die Bürotür seines Chefs, denn dieser hatte die Angewohnheit, um diese Zeit in seinem Sessel ein Nickerchen zu machen. Hopkins rief: „Herein! Kommen sie endlich rein Jim." Laurel trat ein und platze auch direkt heraus mit den Informationen. Jane McNeal war Studentin, ledig, wohnte ganz allein, hatte aber einige Studienbekanntschaften und ging regelmäßig in die Kirche. Pater Tom Watson nahm ihr regelmäßig die Beichte ab. Sie war in einem sehr konservativen Elternhaus aufgewachsen. Alle gingen dort in die Kirche. Das Beichten gehörte dazu. Dennis Hopkins wurde ungehalten und ranzte Laurel an: „Schön und gut, mehr haben sie nicht herausbekommen?" Jim antwortete: „Nein, fürs Erste ist es das. Aber ich bleibe dran und werde sie informieren, sobald ich mehr in Erfahrung gebracht habe." Hopkins entschuldigte sich für seinen schroffen Tonfall und sagte: „Dieser Mord geht an die Grenze meines klaren Verstandes. Da ich sowieso in ein paar Wochen in Rente gehe, werde ich mich sofort nach Aufklärung des Falles zur

Ruhe setzen." Laurel konnte Hopkins in dieser Hinsicht verstehen. „Wissen Sie eigentlich Jim, dass sie mein Nachfolger werden?", sprach Dennis Hopkins. Ungläubig schüttelte Laurel den Kopf und stotterte: „Neeein? Ich dachte es..." Mit einem Grinsen im Gesicht sagte Hopkins darauf: „Ach Mensch, wenn sie schon anfangen zu denken."

Das Telefon klingelte. Die Pathologie meldete sich mit einer interessanten Neuigkeit. Der Gegenstand mit dem Jane erschlagen wurde, muss eine spitze, lange Unterkante gehabt haben. Nicht, wie man erst vermutete eine Eisenstange, sondern eher eine Tatwaffe aus Holz. Das hilft wohl auch nicht direkt weiter, aber immerhin besser als nichts, meinte Hopkins. Laurel fand noch ein paar Tage später heraus, dass Jane kaum Freunde hatte, da sie sich total in ihrer Wohnung nach den Vorlesungen einigelte. Was wohl auffällig war, dass sie einmal in der Woche zum Beichten ging. Einer Nachbarin fiel auf, dass das Mädchen sehr blass war und ständig mit dem Blick nach unten einherging. Dennis Hopkins hörte sich an, was Jim zu sagen hatte und legte den Hörer auf. Der Inspektor und sein Assistent besprachen Pater Tom Watson mal einen Besuch abzustatten. Watson lebte sehr zurückgezogen auf einem alten Landsitz. Er hatte niemanden. Inspektor Hopkins und sein Assistent Jim Laurel bekamen die Informationen vom örtlichen Pfarramt. „Aber was soll Watson schon für Informationen haben? Was weiß er schon?", spekulierte der Inspektor.

Am Tag darauf fuhren Beide zum Landsitz des Paters. Watson war ein untersetzter, kleiner Mann. Lief ständig mit gefalteten Händen herum.

Eigentlich eine nichtssagende Gestalt. Das alte Haus indem Watson lebte, war alt und hatte schon fast etwas Unheimliches. Die Beamten klopften an und baten mit dem Pater sprechen zu können. Tom Watson bat sie herein und fragte: „Was kann ich für sie tun?" Er war offensichtlich sehr nervös, was den Kriminalbeamten sofort auffiel. „Nun mal ganz sachte. Wir haben ein paar Fragen. Wissen sie eigentlich, dass Jane McNeal, eine Studentin, die regelmäßig von ihnen die Beichte abgenommen bekam, ermordet wurde?", sagte Laurel. Watson stotterte: „Nein..." Kaum unauffällig benahm sich der Pater. Hopkins und Laurel hatten vorläufig keine Fragen mehr und verabschiedeten sich erst mal höflich. Im Auto sagte Dennis Hopkins: „Ich kann mir nicht helfen Jim, aber irgendwie kommt mit der Pater verdächtig vor.", Jim antwortete: „Den Eindruck hatte ich auch. Aber

was können wir ihm vorhalten?
Angeblich war er immer hier in
seinem Haus." Beide waren sich
sicher, hier würde etwas nicht
stimmen. Laurel und Hopkins
machten Feierabend, denn das was
beide dachten, wollten sie vorläufig
für sich behalten. Es konnte einfach
nicht sein.

Am nächsten Tag flatterten neue
Untersuchungsergebnisse dem
Inspektor auf dem Schreibtisch. Seine
Laune war genau so mies wie das
Wetter in London. McNeal wurde
nicht brutal erschlagen, sondern auch
noch vergewaltigt. Warum musste ein
junger Mensch sterben, damit ein
Perverser sein Vergnügen hatte? Jim
Laurel hatte keine neuen
Erkenntnisse. Dennis Hopkins
grübelte über seine Pension nach.
Sollte wieder ein Fall als ungelöst auf
seinem Schreibtisch landen? Nein, das

durfte nicht sein, nicht dieser grausame Mord. Er musste noch, bevor er ging, den Mörder finden. Laurel und Hopkins besprachen das weitere Vorgehen. Keine Zeugen, keine Freunde des Mädchens. Was blieb da noch? Pater Watson? „Um Gottes Willen, das kann nicht sein...", dachte Jim. Am anderen Tag besuchten die beiden Beamten noch einmal Pater Watson, aber sie kamen nicht weiter. Wieder im Büro angekommen lag eine Nachricht für Hopkins auf dem Schreibtisch. Die Pathologie hatte sich noch einmal gemeldet. In den Resten des Schädels von Jane McNeal befand sich ein etwas dickerer Holzsplitter älteren Datums. Das heißt, die Tatwaffe muss aus Holz gewesen sein. Das Holz selbst ist, so unglaublich es klingen mag, auf das 16. Jahrhundert datiert worden. Hopkins schoss etwas durch den Kopf, was er aber sofort wieder verwarf.

„Nein, das geht nicht.", dachte er. Tom Watson hielt gerade eine Messe als Hopkins und Laurel in die Kirche traten und sich hinten auf die Kirchbank setzten. Alles wurde still. Aber die Beamten blieben sitzen und sagten kein Ton. Pater Watson wurde sichtlich nervös als er beide sah. Unauffällig leierte er seine Predigt herunter und setzte sich dann auf die hintere Bank zu den Polizisten. Wiedermal verlief das Gespräch ergebnislos und beide Beamten wussten wirklich kein Rat mehr.

Im Büro angekommen analysierten beide noch einmal den Fall. Hopkins sprach: „Jim, lass uns mal ganz logisch und cool an die Sache herangehen." Jim antwortete verwirrt: „Wie meinst du das?" Hopkins erklärt: „Hast du in der Kirche das Kreuz gesehen, was über dem Altar hing? Ist dir denn nichts aufgefallen? Das Kreuz sah ganz schön ramponiert aus. Da fehlte ein gehöriges Stück." Hopkins rief in der Pathologie an und forderte schnellstmöglich die Lieferung des Holzstückes zu seinem Büro an. Seine Frau rief ausgerechnet jetzt an und machte ihm eine Szene am Telefon, dass er schon wieder so lange im Büro bleibe. Dennis wurde sauer. „Was denkst du denn, was ich hier mache verdammt nochmal? Ein junges Mädchen ist auf brutalste Weise ermordet worden und du keifst mich an! Nein, ich bleibe hier im Büro bis ich Klarheit habe. Wenigstens diesen Fall muss ich noch zu Ende bringen, bevor ich in Pension gehe.", sprach Watson zu seiner Frau. Damit war für ihn das Gespräch beendet. Inspektor Hopkins schlief vor Übermüdung an seinem Schreibtisch ein. „Hallo Dennis, guten Morgen.", rief Laurel. Hopkins schreckte hoch. „Jim, du glaubst nicht, welche Entdeckung ich heute Nacht gemacht habe.", sagte Hopkins. Dennis fuhr fort: „Du erinnerst dich an das Kreuz aus der Kirche? Das Stück Holz was dort fehlt, könnte das Teil aus der Pathologie sein. Wir nehmen das Holzstück jetzt mit zu Watson." Sie fuhren los. Bis zum Wohnhaus des Paters waren es wenige Kilometer. Watson war zu Hause. Er sah die beiden Polizisten und machte bereitwillig die Tür seines Landhauses auf. Der Pater glaubte immer noch mit einem blauen Auge davon zu kommen. Er war sich seiner Sache sicher. „Der Tod des Mädchens trat zwischen 14 und 16 Uhr am Nachmittag ein. Um diese Zeit sind sie nicht in der Kirche oder ihrem Haus gewesen. Das ergaben unsere Nachforschungen.", erklärte Hopkins. „Schön und gut, aber was wollen sie damit sagen?", fragte Watson. „Wir brauchen ein Alibi, lieber Pater. Wo waren sie? Außerdem ergab die

Untersuchung der Leiche, dass Jane McNeal vergewaltigt wurde. Das Holzkreuz in der Kirche ist an der Unterseite zersplittert. Genau dieses Stück was dort fehlt, steckte im Kopf des Mädchens. Was sagen sie dazu, Watson? Jetzt bringt leugnen nichts mehr.", sprach Hopkins. Erschrocken antwortete der Pater: „Ich.., ich... habe mit dem Mord nichts zu tun!" Er zögerte, aber fing schließlich an und erklärte, dass er Jane einmal in der Woche die Beichte abnahm. „Sie war attraktiv, auch für mich. Dann musste ich ihr einfach nachgehen, erschlug sie von hinten und vergewaltigte sie danach. Bitte nehmen sich mich fest, was ich tat war des Teufels. Ich will nicht mehr leben.", gestand. Jim Laurel rannte aus dem Haus, er musste sich übergeben. Das war zu viel für ihn.

Pater Tom Watson wurde
lebenslänglich eingesperrt und starb
im Alter von 80 Jahren.